Robert Hültner

WALCHING

Robert Hültner

WALCHING

EIN OBERBAYERISCHER KRIMINALROMAN

Edition Ulenspiegel
im Verlag Georg Simader

Robert Hültner
Walching. Ein oberbayerischer Kriminalroman

Band I der Edition Ulenspiegel im
Verlag Georg Simader, Frankfurt am Main

Umschlaggestaltung: Katharina Franz
Satz: bLoch Verlag, Frankfurt am Main
Druck: Ulenspiegel Druck, Andechs

ISBN 3–927515–31–0

Dies ist eine Kriminalerzählung. Der historisch und volkskundlich gebildete Leser möge deshalb verzeihen, wenn in ihr zwar Materialien aus der Geschichte unseres Landes verwendet, aber nicht in wissenschaftlicher Präzision dargestellt werden. Wahr ist jedoch, daß sich in der Zeit, in der diese Erzählung spielt, mysteriöse Mordfälle häuften und die Justiz sich äußerst schwer mit deren Aufklärung zu tun schien.

Den Ort Walching gibt es nicht; Liebhaber des bayerischen Voralpenlandes werden in ihm jedoch eine Konstruktion verschiedener Gemeinden dieser Region erkennen. Desgleichen sind handelnde Personen frei erfunden und Ähnlichkeiten rein zufällig - was den Leser jedoch nicht zu der Annahme verleiten sollte, daß es nicht genauso geschehen hätte können oder auch heute wieder möglich wäre. Geschichte ist weniger weit entfernt, als wir es uns wünschen können.

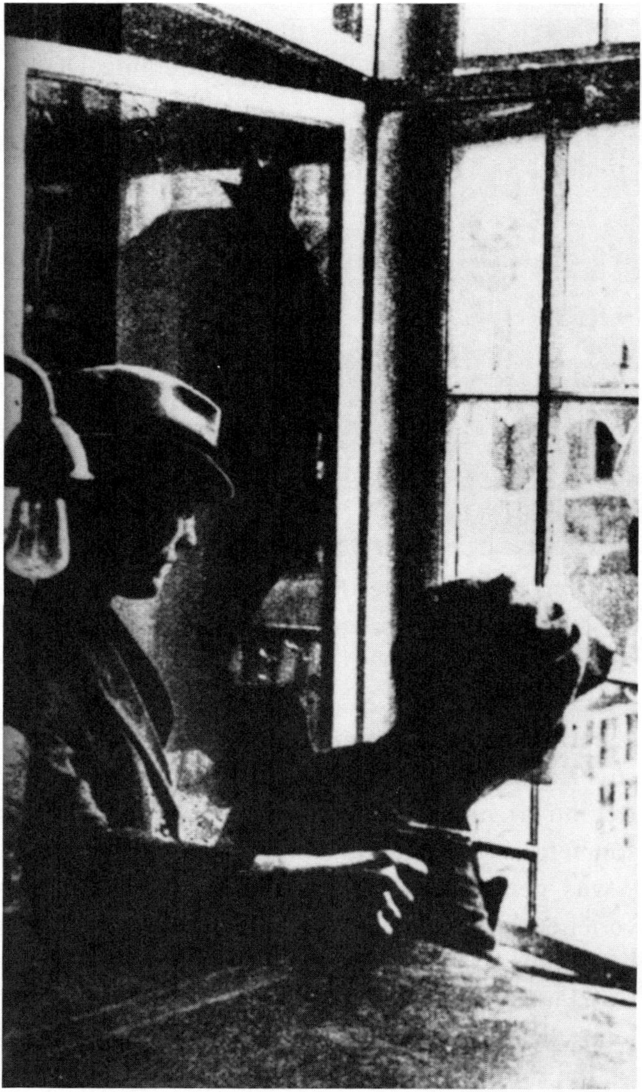

– 1 –

»Lassens die Leut doch reden, Herr Inspektor«, meinte der Schuster, »die reden heute über dies und morgen über was anderes.« Ein Lächeln, das, wie er wußte und wollte, nichts bedeutete, zog kurz kuriose Linien über sein Gesicht. »Heute sinds für den König, morgen für den Eisner, und übermorgen ist alles wieder umgedreht. Grad wie's ihnen eingesagt wird. Der Mensch ist dumm. Das ist sein Glück. Ist es nicht so?«

Den Mann, der ihm gegenüber saß und der sich wieder und wieder an seinen spitz zulaufenden Kinnbart faßte, schien das wenig zu trösten. »Und was reden sie, die Leute?«

Der Schuster, der einen Lederschuh genommen hatte, ihn ins Licht der über ihm hängenden Lampe hielt und ihn von allen Seiten besah, überhörte die Frage. Er wiegte anerkennend den Kopf. »Ein sauberes Schuhwerk, Herr Inspektor.«

Das hatte er schon einmal gesagt.

»Die Leut? Mein Gott ...« Er legte den Schuh wieder ab, nahm den zweiten und hielt ihn ebenfalls zum Licht. Dann fixierte er eine Stelle genauer, indem er den Kopf leicht zurücklegte und seine Brille über die Stirn schob. »Hier fehlt es. Schauen Sie!« Er deutete auf die Naht der Schuhspitze. »Nichts Grobes«, fuhr er beruhigend fort, »aber es müßt halt anständig gemacht werden. Haben Sie es sehr pressant damit, Herr Inspektor?«

»Wie?« Der Angesprochene hatte gerade anderes im Sinn gehabt.

»Ich könnt's Ihnen auf der Stell herrichten. Setzens Ihnen derweil 'nüber zum Ofen, draußen ist eh ein grobes Wetter heut. Daß einer ein Dach über dem Kopf hat und daß er nicht zu frieren braucht, ist doch noch allerweil das Wichtigste. Ist es nicht so?« Wieder lächelte der Schuster sein kunstvoll geschäftsmännisches Lächeln. Soll keiner sagen, Geschäftsleute hätten keinen eigenen Kopf für das, was in der Welt um sie herum vor sich geht. Sie haben nur gelernt, ihre Meinung nicht wie eine Annonce in der Zeitung wichtig zu machen.

Der Inspektor sah nach draußen. Zwei dunkel gekleidete Frauen gingen rasch nah an der holzgefaßten Schaufensterscheibe der Schusterwerkstatt vorbei und wischten mit im Wind flatternden Mänteln für Sekunden Schatten über sein Gesicht. Er stand auf. »Wenn ich in einer Stunde nochmal kommen tät?« Er knöpfte sich die obere Reihe seines Mantels zu.

»In einer Stunde? Da bin ich allerweil fertig, Herr Inspektor«, antwortete der Schuster zuversichtlich und, wie es schien, etwas lauter als zuvor, »schnappens ein bisserl frische Luft? Habens auch recht.«

Hund, falscher. Der Inspektor lächelte freundlich und öffnete die Tür, die ein schnarrendes Klingeln hören ließ. Der Wind warf sich ihm ohne Warnung entgegen. Er schloß die Tür, die nochmal, nun leiser, Laut gab und fühlte durch die Scheiben, die den grauen Tag spiegelten, den Blick des Schusters. Der Inspektor zog seinen Hut tiefer über die Stirn. Dann ging er die Gasse hinunter. Eine alte Frau kam ihm entgegen, hielt das wollene Kopftuch vor ihren Mund und sah kurz gleichmütig auf.

Die Gasse, auf der mit Mühe zwei schmale Fuhrwerke nebeneinander Platz finden mochten, führte hinunter zum Fluß, der die Altstadt von den erst während der Industrialisierung errichteten Gebäuden trennte. Eisgraupel führender Wind tanzte launisch in der nebligen Luft, fegte heftig, als wolle er die Menschen, die sich zu dieser Zeit ihm aussetzen mußten, für diesen Vorwitz ohrfeigen, fiel dann wieder mild ab, um sogleich wieder zu heftigerer Bö zu erwachen.

Was reden die Leute, Schuster?

Gehens zu, Herr Inspektor, was soll ich denn schon wissen? Wissen Sie eh nicht alles schon selber?

Der Alte hatte recht. Daß halb Dornstein in Aufregung war wegen dieser Geschichte, wußte er, und was sie reden, konnte er sich denken. Er wollte es gar nicht hören. Statt dessen hätte der Schuster sagen sollen: Die da heut über Sie höhnen, Herr Inspektor, sind die wenigsten. Ich zum Beispiel, der Schuster

Lettermann von Dornstein, Fischergassl Numero Neunzehn, denk da anders und bin beileib nicht der einzige, und ich sag Ihnen offen und ehrlich, daß Sie sich wegen der paar Schreihälse heut morgen auf dem Stadtplatz rein gar nicht aufzuregen brauchen. Nämlich, weil das Urteil des Dornsteiner Landgerichts gegen die ledige Hausmagd Waginger Anna, geboren in Tyrlaching, Post daselbst, lediges Kind der Magd Waginger Appolonia, herumgeschickt, bedrückt, getratzt, ausgeschmiert von windigen Burschen und manch nobligem Herrn ihr Lebtag lang und angeklagt des Diebstahls, weil dieses Urteil, jawohl, gerecht war.

Weil sie ohne jeden Zweifel überführt wurde, aus der Bügelwäsche ihres Hausherrn, des angesehenen Dornsteiner Privatiers Thaddäus Zunhammer (unter Saufbrüdern: Taddädl), einen irrtümlicherweise verbliebenen Hundertmarkschein genommen und nicht, wie es Pflicht gewesen wäre, diesen wieder abzugeben. Weil ihr verzweifelter, unter Rotz und Tränen vorgebrachter Einwand, sie sei von ihrer Herrschaft seit jeher schikaniert und sekkiert worden und sei ihr Lebtag ein Nichts und Niemand gewesen bei ihnen und hätt ihre Arbeit alleweil zur schönsten Freud jeder Herrschaft getan und nichts nachgefragt und gewollt, als daß man sie ehrenachtet und sei trotzdem der Herr Privatier ihr nachgestiegen in die Waschküch und hätt gesagt: Wo ist meine Kragennadel, Annerl, wo hast du sie versteckt, da oder dort, und hat ihr überall hingetatscht mit faulem Gered auch an die geheimen Stellen und sie es sich wegen ihrer Anstellung gefallen hat lassen und ... Weil dieser Einwand völlig zu Recht vom Landrichter als erstens ohne Belang, zweitens als außerordentlich infame, dem Eigenschutz dienende Behauptung zu werten sei, welche als Verleumdung strafverschärfend wirken müsse.

Weil der so beleumdete Hausherr zumindest eine schwere Ohrenerkrankung haben müsse, nachdem er bei den von seiner Hausmagd stockend vorgebrachten Anwürfen aus dem Fenster des Gerichtssaales gesehen hatte, als verstünde er kein einziges Wort. Zwar war es eigenartig, aber doch zutiefst ver-

ständlich, wenn statt des Gatten die ehrengeachtete Frau Privatier Zunhammer (und die, falls dieses Detail jemanden interessieren sollte, zum Freundeskreis ihres Hauses auch die Familie des Landrichters zählen durfte) mit aus dem Gesicht springender wütender Verletztheit, zornrot im Gesicht, in die Höhe schoß und dies alles als Gipfel der Schlechtigkeit zurückwies.
Und weil es vor allem der unbestechlichen und, der Staatsanwalt betonte dies mehrmals, »meisterhaften« Ermittlungsarbeit des Inspektors zu verdanken sei, daß diese Untat gesühnt werden konnte.
»Meisterhaft ...« Der Inspektor prustete und grinste schief. Der Wind warf Eis.
Was, du meisterhafter Ermittler, ist schon dabei, einfach zur Landwirtschaftsbank von Dornstein zu gehen und dort gesteckt zu bekommen, daß die brave Haut ihren Schatz striktement dorthin gebracht, etwas von einer seltsamen Beerbung gestammelt hatte und ihn auf ihr Aussteuerkonto einbezahlt hatte?
»Bin ich doch nichts und hab ich doch nichts und die Schönste bin ich auch nimmer und ...«, hatte sie gesagt, »Lauter! Machens gefälligst Ihren Mund auf!« der Richter, »... auch nimmer und vielleicht nimmt mich einmal ein braver Mann, wenn ich nimmer gar so notig dasteh« und »Arms Wurm« hatten die Zuhörer geflüstert und schließlich mit Empörung reagiert, als sie endlich vom Gericht für Wochen ins Zuchthaus und ihr Lebtag in die Schande geschickt wurde. Doch die so überraschend aufwallende Gerechtigkeitsliebe der Dornsteiner hatte gewiß mit nichts anderem als mit der außerordentlichen Unbeliebtheit der sich weiß was einbildenden Privatiersgattin zu tun. Was hatten denn dieselben Zuschauer gesagt, als vor einiger Zeit jener auswärtige Student mit seinem, in irgendeinem Hetzblatt veröffentlichten Gedicht, »Klassenjustiz« überschrieben, mehr als hart abgeurteilt wurde? »Richtig«, hieß es da, »wo kämen wir denn da hin« und »Soll sich bloß nicht mehr bei uns blicken lassen, der Revoluzzer, der.«

Der Inspektor war bei der steinernen Brücke angekommen, die auf der Gegenseite gerade von einem Gespann mit gleichmütig vorantrottenden Pferden angefahren wurde. Die aus Granitblöcken errichtete schmale Brücke bog sich leicht über den dunklen Fluß, den an den Ufern mehrschichtige, dünne Eisbrüche, totes Geäst und hellbraune, vom Wasser bewegte Gräser säumten.
Der Inspektor beobachtete nun, wie ihm zuerst zwei Pferdeköpfe, grauen Dampf aus den Nüstern stoßend, dann der schwarz behutete Kopf des Fuhrmannes entgegenwuchsen. Auf der höchsten Stelle stand das Fuhrwerk wie ein Denkmal, hinter dem sich die bis nah an den Fluß gebauten Arbeiterhäuser im Nebel verloren. »Hüah!« schrie der Mann rauh, kümmerte sich nicht um den zur Seite weichenden Fußgänger und rollte dann mit taubem Geknatter vorüber. Nichts hallte in der engen, zum Stadtplatz führenden Gasse, in die das Fuhrwerk nun einbog und bald, still, als wäre alles nur eine wunderliche Erscheinung gewesen, in einer Kehre verschwand.
Der Inspektor betrat die Brücke und blieb auf ihrer Mitte stehen. Fragile Balkone der Altstadthäuser ragten über die Tiefe; in Sichtweite, doch schon in der Unschärfe der nebeligen Luft, wurde die Zeile der Flußhäuser von einer exakt waagrechten, alle Linien der alten Landschaft verachtenden Eisenbahnbrükke unterbrochen.
»Wie dumm«, dachte der Inspektor und erschrak, als er bemerkte, daß er laut gesprochen hatte. Er hatte plötzlich das Gefühl, hinter den Fenstern der Uferhäuser verborgene Zuschauer könnten ihn für einen feig zögernden Selbstmörder halten.
Sie haben Ihre Pflicht getan, Herr Inspektor. Sie haben getan, was getan werden mußte.
Den Inspektor fror. Wütende, langanhaltende Windstöße krallten sich durch seinen Mantel, dann hatte sich, mit einem Herzschlag, die Wahrheit vor ihm aufgebaut: Das Urteil war natürlich völlig unangemessen, und er hatte, mit einer Mischung aus Ehrgeiz und Feigheit, an der Vernichtung dieser

armseligen Existenz mitgewirkt. Die empörten Blicke, die gezischten Beschimpfungen, daß es doch die Kleinsten stets am härtesten träfe, sie galten nicht nur der falschen Strenge und dem Hochmut der Richter und dem bebenden, dummen Triumph der Privatiersgattin, sie hatten auch den Inspektor getroffen.

Auf dem Platz vor dem Landgericht, den er anschließend zu überqueren hatte, hatten sich noch einige Gruppen erregt debattierender Zuhörer aufgehalten. Ein zornig kläffender Köter wieselte um seine Beine und schnappte nach seinen Waden, bis ihn jemand zurückrief. »Ein braves Hunderl«, hatte eine gemütvolle Stimme bemerkt, und als der Inspektor, der bei dem Tanz auf dem naßglatten Boden den Stand verloren hatte, sich umwandte, sah er in Gesichter voller Verachtung.

Der Wind hatte erneut die Richtung gewechselt und war etwas schwächer geworden. Von der Neustadt flogen Stimmfetzen und das Geräusch einer Säge heran. Dann legte sich wieder ein matter Frieden über das Flußtal, bis es von einem langgezogenen Pfeifen durchschnitten wurde. Feines, schnellnahendes metallisches Stampfen, das zunächst noch von den Gebäuden der Altstadt verschluckt wurde, öffnete sich für Sekunden zu krachend rhythmischem Lärm. Dann hatte der Zug die Brücke überquert.

Nun stand die Luft reglos. Flußnebel und Wolken hatten sich fast augenblicklich gehoben und ließen nun sich steil in die Höhe windende Rauchsäulen erkennen. Eine Tür in einem der Häuser der Arbeiterstadt hatte sich geöffnet, doch niemand trat heraus. Der Inspektor kehrte um. Wieder überfiel ihn jämmerliche Scham in heißen, pochenden Wellen. Er schniefte, beschleunigte seine Schritte, lief.

»Schon fertig«, begrüßte ihn der Schuster. Die Schuhe standen bereits im für Abholer bestimmten Regal, doch nach hastiger Suche mußte der Inspektor gestehen, daß er, in all der Aufregung – »jaja«, sagte der Schuster verständnisvoll – seinen Geldbeutel vergessen hatte. Daß ihm so etwas passieren müsse. Daß es ihm peinlich sei.

»Zahlen Sie, wenn Sie das nächste Mal vorbeikommen ... Sie sind ja ein ehrlicher Mann.«

Als der Inspektor die Werkstatt verlassen hatte, fingerte der Schuster ein abgegriffenes Buch aus einer Schublade, befeuchtete einen Stift mit der Zunge und trug ein: »Insp. Kajetan, Polizei Dornstein, 23 Mark Schuld ...«

Der Inspektor hatte unterdessen bereits die Oberstadt erreicht. In der schmalen Gasse, in die er einbog, um ein Überqueren des Marktplatzes zu vermeiden, drängte sich zitternd ein melancholischer Köter, das Fell krank zerfressen, heran und begleitete ihn einige Schritte. Als der Inspektor keine Notiz von ihm nahm, ließ er enttäuscht ab.

Die massige Front der Bezirksinspektion tauchte auf. Die Schultern fröstelnd zusammengezogen, ging Kajetan auf das Portal zu. Eine lächerliche Sicherheit umgab ihn, als er das Tor hinter sich schloß.

Was in der vergangenen Nacht in einem kleinen Dorf unweit Dornsteins vor sich gegangen war, wußte er noch nicht. Auch nicht, daß er bereits erwartet wurde.

– 2 –

Vom nördlichen Flachland und von den Vorgebirgen im Osten und Westen durch niedrige, bewaldete Urgebirge abgetrennt, lag das Walchinger Tal zu Füßen eines hoch aufragenden Kalksteinmassivs; wie urzeitliche Zitadellen sahen dessen Gipfel auf das wie von Kinderhand verschüttete Gewürfel der Dorfhäuser. Den runden Talkessel unterteilte ein Fluß, der in den Sommern in friedlichem Gleichmut die Quellbäche der Höhen aufnahm, in jedem Frühjahr jedoch zur reißenden Gottesgeißel wurde. Sein Wasser verfärbte sich in der Talmitte von silbrigem Weiß in fauliges Grünbraun; er durchwand verspielt und unbeirrbar den Sumpf eines verlandeten Sees und setzte dann seinen Weg nach Norden fort.

Einst hatte ein gewaltiger See, von Moränenmassen der letzten

Eiszeit aufgestaut, diesen Talkessel am Rande der Alpen gefüllt. Wenige Filzflächen, von Bauern und Gütlern zum Torfabstich genutzt, ein unergründlich dunkler Toteissee und der Sumpf am Talende zeigten seine Tiefstellen an. Quellen und Brunnen flossen reichlich; nur einmal, so erzählten die Alten, seien sie in einem heißen Sommer sämtlich versiegt.

Die Ernte auf den Feldern brannte, Menschen und Tiere drohten zu verdursten, bis endlich, in der Augustmitte dieses elenden Jahres, ein großes Unwetter die Qualen von Natur und Kreatur beschloß. Drei Tage dauerten die Sturzgüsse an. Eine derartige Finsternis herrschte, daß sogar in der Tagesmitte in den Stuben Kerzen angezündet werden mußten. Brücken von jahrhundertealtem Bestand wurden in die Fluten gerissen; nur das höher gelegene Kirchdorf wurde vom Hochwasser verschont, das bei den tiefer gelegenen Höfen längst die aus Feldstein und Kalkmörtel gemauerten Fundamente unterspült hatte und zu den Fenstern hereinschwappte. In das Rauschen des endlosen Regens krachten Blitzschläge und hefteten lidschlaglang bleiche Gesichter starr an die Dunkelheit; der über Häuser und Höfe rollende Donner ließ die Erde erbeben. In kurzen Minuten, in denen wieder das mächtige Rauschen hochzog, war das Geläut der Pfarrkirche zu hören: Zwei Höfe waren vom Blitz getroffen und standen bereits in hellen Flammen. Die Alten beteten, die Kinder scharten sich eng um ihre Mütter; Bauern und Knechte, nun Brüder, errichteten Hochwasserbarrieren, die, kaum waren sie erbaut, sogleich wieder unterspült und fortgerissen wurden, und zerrten das brüllende Vieh aus den brennenden Ställen, blind vor Glut und der Angst, von einem sich kreischend aus dem Bund lösenden Balken erschlagen zu werden.

In der Nacht des dritten Tages flauten die Güsse endlich ab. Der Morgen fand Menschen, die sich in seltsamer Zärtlichkeit aneinander gedrängt hatten und die keinen Haß, keine Wut, gegen nichts und gegen niemand, empfanden und wie Kinder in diesen friedlichen Tag blickten. Gleichmütig, als hätte es die Sintflut nie gegeben, stieg die Sonne höher und höher in den gelben und hellgrünen Tag, sangen die Vögel und suchten die Bienen nach Nektar und war die Welt so selig und voller inwendigem Glück wie das Gesicht jenes ertrunkenen Mädchens, das in den Morgenstunden im zerschlagenen Gewirr des Mühlrechens aufgefunden worden war. Das Unheil der vergangenen Tage für ein herrliches Spiel haltend, war es zu nahe an das Ufer des schlammigen Waldbaches gegangen, trat dort auf einen längst unterspülten Graswasen und war, ohne daß auch nur ein Schrei zu hören gewesen wäre, sogleich fortgerissen worden.

Am Fuß des über dem schwarzen Kragen des Bergwaldes zerklüfteten Kalksteingebirges fand sich die größte Quelle, halb im Schatten eines glatten, beinahe senkrecht aufsteigenden Felsens und umstanden von Bäumen mit hellgrünem, schattenspendenden Blattwerk. Des Nachts, so erzählen alte Geschichten, im brausenden Getöse der »Wilden Jagd«, tränken dort die Pferde der grausamen Jäger. Und wirklich, als hätten Urväter auf der Suche nach den Schätzen der Gebirge einen Stollen geschlagen, doch statt funkelnder Edelsteine nur einen nächtlichen See entdeckt, führte eine Öffnung tief in das Innere des Berges.

Zu bestimmten Stunden des Hochsommers fielen die Strahlen der Sonne, gebrochen von wiegendem Laub, auf den Grund des Quelltümpels. Wo der schwarzgrüne Kessel über helleres Gestein abfloß, flatterten Grasfetzen und dünnes, abgestorbenes Geäst tänzelnd in verblockt wirbeligem, nun eisweißem Wasser.

Das Walchinger Tal war seit Urzeiten bewohnt. Auf einer kleinen Anhöhe, die einmal als Halbinsel in den eiszeitlichen See geragt haben mußte, fand der frühere Pfarrherr von Walching kleine, aus Ton geformte Spindelscheiben, die von gelehrten Herren in München der Hallstatt-Kultur zugeordnet wurden. Über romanischem Grundriß war nach einem den Ort verheerenden Brand eine barocke Kirche errichtet worden; im Portal war eine groteske Figur eines fröhlichen, altmodisch sündhaften Dämons zu sehen, doch nur dies und der Ortsname wiesen noch darauf hin, daß hier einst Romanen siedelten. Was sonst noch zu finden sein mochte im mäßig fruchtbaren Talboden, war längst in Generationen überbaut, zerpflügt und zerstört worden. In den Köpfen der Menschen jedoch, bei winterlichen, kienspanbeleuchteten Erzählungen, lebten geisterhafte Bilder fort, als seien nicht schon fast zweitausend Jahre vergangen, vor denen die wilde Frau Berscht und mancherlei Wiesen- und Walddämone verehrt wurden.

Im 17. Jahrhundert hatte man, mehrere hundert Meter über dem Talgrund und dort, wo die steilen Hänge des Bergwalds in die Felslandschaft des Hochgebirges übergingen und wo bereits in alten Zeiten ein geistlicher Fürst nach Silber schürfen ließ, ergiebige Blei- und Galmei-Adern entdeckt. Walching erlebte eine Blüte, denn der Bedarf an Erzen für Krieg und Mechanik war ungeheuer gestiegen. Bergarbeiter aus den Revieren um Innsbruck und aus Venetien siedelten sich an, mißtrauisch beäugt von Bauern und Obrigkeit. Sie hatten gelernt, für ihre Rechte zu kämpfen, waren so mancher Zauberei mächtig, stellten sich gut mit den im Berg wohnenden Geistern und glaubten an nichts. Am Klang des geschlagenen Steins hörten sie, wann dessen Ergiebigkeit zu Ende gehen mußte. Immer neue und kurzzeitig ergiebige Stollen wurden in den Berg getrieben, bis das Bergwerk zum Ende des 19. Jahrhunderts schließlich aufgelöst wurde.

Zuletzt hatte ein vermögender Mailänder sich in zunehmender Verwirrung um all seinen Reichtum gebracht und sich, verbrecherisch verschuldet bei den Stollenholz liefernden Talbauern, in einer Frühlingsnacht davongemacht. Die Knappenhäuser, die Schmelzen und Hammerstuben verfielen rasch. Die aus dicken Kalksteinquadern errichteten Verwaltungsgebäude im Ortskern blieben wie das vergessene Gepäck vertriebener Riesen bestehen. Das Haus des ehedem mächtigen Bergrichters wurde zum Siechenhaus, später zur Gendarmerie und das unbedacht bis nah an den Grundwasserspiegel gebaute Kellergewölbe blieb – wie je – das Gefängnis.

Im Tal wohnten etwa 700 Menschen. Bis dicht an den Dorfplatz waren die Höfe gebaut, und während diese ihre Rückseite mit Stallungen und Misthaufen zumeist dem Platz zuwandten, öffneten sich die Türen des Gasthofs, des Kramers, der Schule, der Gendarmerie und einiger Geschäfte zur Dorfmitte. Der Turm der Pfarrkirche überragte die Dorfhäuser, und die stille Insel des Friedhofs umrundete das Gotteshaus. Dahinter stand das kleine Krankenhaus. Es hätte sich niemand gefunden, der diese Nähe als etwas anderes als höchst Praktisches empfunden hätte. Krankheit galt zumeist nur als eine Vorform des Sterbens, und wer sich, vielleicht zerbrochen im Absturz eines Baumschlittens oder bis nah an den Tod verwundet von den Granatsplittern vor Verdun, als Krüppel zum Ende seines Lebens schleppen mußte, wurde auf den Höfen gehalten und mit dem Nötigsten versorgt.

Von Norden erreichte die aus der Kreisstadt Dornstein kommende Straße den Platz. Im Osten, vorbei am Dorfbrunnen und an einer Reihe hoher Platanen, verließ eine andere Schotterstraße den Ort, wand sich, zwischen im späten Sommer prangenden Feldern, Ähren in blühendem Mohn, über eine Hügelkuppe zum Nachbardorf; zuvor zweigte, noch im Tal und bei einem während der Pestzeit errichteten Kreuzstein, eine schmälere Straße ab. Dieser Weg war nicht breiter, als es für ein Fuhrwerk nötig war; er führte über trollblumengesäumte Bachläufe ins Oberland, stieg zunächst in engen Kehren durch ein steiles Waldstück, welches die Uferböschung des eiszeitlichen Sees bewuchs.

Auf diesem Plateau, das an den steilen Waldhängen des südlichen Massivs endete, und das im Norden von der Schlucht des Waldbachs begrenzt wurde, hatten sich noch etwa ein Dutzend Höfe an weitverstreuten Rodungen angesiedelt. Vorbei am höchstgelegenen Gehöft, einem aufgegebenen Sägewerk, nun als Viehpfad oder Holzdrift dienend, stieg der Weg hoch zum alten Bergwerk. Kurz vor den weit in die Tiefe geschütteten Abraumhalden zweigte noch einmal ein Pfad ab, passierte rindengedeckte Holzfällerhütten, stieg zunächst noch im Schatten des Waldes, dann endlich den Blick auf das Tal öff-

nend über weißes Gestein, begleitet von Kiefern, grün und rot prangendem Almrausch und einzelnen schiefgestürmten Tannen, schließlich auf harte Grasflächen und verlief sich auf den Sommeralmen.
Vom Gipfel, auf den kein Weg mehr führte, hatten Hirten und Jäger Sicht auf die maßlose Weite der im Wolkenmeer schwimmenden Gebirgsketten des Südens, waren die roten Türme der Dolomiten zu erahnen, das Abfallen des Berglandes ins Lombardische zu den Häfen von Triest und Venedig zu erträumen. Dann und wann trug der Gratwind Töne aus den Tälern empor, und dort, wo die Hand in den Himmel greifen konnte und wo sich nur wenige Schritte weiter Schründe auftaten, aus deren Tiefen mit ewigem Schnee moderkalter Luftstrom zog, schien die Welt zu Ende.
Jedoch keine Lichtung, keine Höhle, keine Quelle im Kar und kein verfallenes Gemäuer waren vergessen. So abweisend das Hochgebirge für Fremde wirken mußte, so sehr war dieses Gebiet Schutz und Versteck für die in den Tälern lebenden Menschen in Zeiten, als Krieg und Verfolgung herrschten, als feindliche Talpasch-Truppen marodierend Höfe brandschatzten oder eifernde Rechtgläubige das Dorf nach Hexen und Zauberern durchkämmten.
Das alles war lange vorbei. Es hatte die brüchigen Farben der Bilder in alten Geschichten angenommen, und wem Natur und Liebe eine schöne Stimme gegeben hatten, wurde meist hochgeachtet, denn die Dörfler liebten Gesang und Geschichten. Doch Wohllaut und Reim endeten für immer vor Verdun, auch wenn noch die fröhliche Ausfahrt der Rekruten, nach der Ernte mit Wiesenblumen und Gelächter, die Menschen in neugierig gekosteten Rausch versetzten. Auf diesen fernen Feldern ging keiner mehr aufrecht, sangen Schrapnelle heran, zerfetzten mit mörderischen Schlägen Körper, fuhren durch Fleisch, Muskeln, Gebein, durchrührten blitzend Augen und Hirne, zerstießen Seelen und führten, unter flirrend lothringischer Sonne, Fliegen und Gewürm in tote, überrascht geöffnete Münder, an deren Rändern das Blut bereits zu mehlig schwar-

zer Kruste getrocknet war.
Auch jene Wochen, in denen Münchner Arbeiter, Soldaten und die Bauern des Flachlands den König vertrieben, wurden in Unruhe und Verwirrtheit durchlebt. Freilich hatten die Walchinger damals keinen großen Rumor zelebriert, wurde kein Großbauer an die Laterne geknüpft (weil es gar keine Straßenbeleuchtung gab, und weil dieser und jener ein Geschwisterkind oder ein Firmpate der Hälfte derer war, die da im Gasthaus tolle Reden führten?), wurde kein Fensterglas zerschlagen und kein Gebäude angesteckt (weil die Handwerksgesellen und Bauernknechte nur zu gut wußten, daß sie es sein würden, die sie wieder aufzubauen hätten?). Auch der Pfarrer von Walching war geschützt durch die kraft ihrer anerkannt heiligmäßigen Redlichkeit allseits geachtete Haushälterin, welche damit drohte, jeden der gottlosen Bauernbündler und Bolschewisten mit eigenen Händen zu erwürgen, wenn diese es wagen sollten, »insern hochwirningen geistlingen Herrn« ein Leid anzutun.
Aber warum war nun, als dies alles vorüber war, kein Frieden mehr möglich? Kein versöhnlicher Trinkspruch, wie er auch nach der wildesten Rauferei üblich war, und der die Zankhähne wieder zueinanderführte? War denn viel mehr geschehen, als daß einige im Dorf für eine sozialistische Revolution eintraten, und die anderen dies für einen ausgemachten Schmarren hielten? Vor allem der Pfarrer schien tödlich beleidigt. Entsetzt hatte er die gottlosen weltanschaulichen Eruptionen in seiner Gemeinde miterleben müssen; seiner Gemeinde, die er so gut im Griff seiner stets trefflich präparierten sonntäglichen Predigten wähnte, und die ihm nun den Alptraum von der Wiederkehr der Montgelas'schen Freigeisterei bescherte.
Ein nutzloser, unguter Keil war zwischen die Menschen geschlagen. Von jenem, der beim Schmied den Hammer schwang, war nun zu fürchten, er könne ihn im nächsten Moment als Mordwaffe benutzen, und von einem anderen, der am Wetzstein sein Messer schliff, gingen düstere jakobinische Anmutungen aus. Das Morgengeläut klang dem einen wie

Frieden, dem anderen wie Krieg. Geräusche, Gelächter, Wörter – hörte einer daraus Glück und Hoffnung, so vernahm der andere Lüge und Drohung. War es die Erfahrung des Krieges, die plötzlich die Idee aufbrachte, es könne Wichtigeres geben als das Leben? Die Glorie einer Nation etwa? Wenn in bebender Zärtlichkeit geborenes Leben nicht mehr zu sein schien als ein, je nach Nutzen und verrückter Laune, beliebig verfügbares Futter für Gewehrkugeln und Granaten, war es dann nicht wertlos? Mußte es dann nicht Höheres geben, das dem einen Sinn gab, wenn Leben so beiläufig, so grausam zerstoßen werden durfte? Der Gott in den Kirchen schwieg, und die anderen, uralten, waren zu Figuren in kinderschreckenden Märchen verkommen. Mürbe zerfiel, was Jahrhunderte gegolten hatte, ein gefährliches, uraltes Flechtwerk aus Fremdheit und Irrsinn schien sich wieder auszubreiten, und die Zeit löste sich aus der bedächtig kreisenden Spirale, schoß jetzt kalt und ziellos voran.

– 3 –

Bereits im Spätherbst war auf Gipfeln und Hochalmen Schnee gefallen. Längst waren die auf die Höhen führenden Steige nicht mehr passierbar, und unter dem die Pfade bedeckenden Schnee lauerte die Gefahr, auf eine Fläche vereisten Schneewassers zu treten, den Halt zu verlieren und in die Tiefe zu fallen. Nur die Spuren des Bergwilds führten, furchtlos und unbedacht, vorbei an Steilhängen über atemberaubenden Tiefen.
Schon seit Tagen hatten die Dörfler den Schnee gerochen, bis auch hier, in den ersten Dezembertagen des Jahres 1922, sich die herbstbraunen Flächen des Bauernlandes mit dünnem, in der Sonne glitzerndem Weiß bedeckten. Noch waren die Furchen der Äcker darunter zu erkennen, hackten späte Krähen darauf nach der Saat, und noch war es ein Leichtes, mit wenigen Strichen des Reisigbesens vor den Läden des Dorfplatzes

das nun zunächst weiß, dann naßgrau verfugte Kopfsteinpflaster freizulegen. Im Oberland jedoch mußten die Wege bereits mit großen, hölzernen Pflügen geräumt werden und kamen die dort lebenden Kinder des Morgens mit Skiern zur Schule.
Die Arbeit auf den Feldern war nun endgültig beendet. Die Tage waren ruhiger geworden und die bedächtige, feierliche Heimeligkeit der Adventszeit legte sich auf Gesichter und Bewegungen. Noch mühevoller als zuvor tappten die Alten, sich auf Stöcke stützend, durch den Ort, und noch bitterer wurden die früh hereinbrechenden Abende für die, die der erst vor einigen Jahren zu Ende gegangene Krieg oder ein anderes Schicksal freudlos und einsam gemacht hatte. Die Kammern der wohlhabenden Bauern waren gut mit Lebensmitteln gefüllt, und das gehackte Brennholz war hoch an die Häuserwände geschichtet. Die Störnäherinnen hatten Arbeit, stapften von Hof zu Hof, flickten, besserten aus und verteilten die jeweils erfahrenen Neuigkeiten mit hintersinnigem Bedacht. Das höllische Charivari von Krampus und Berschten war längst vergessen, als hätte der unbeirrt heranstapfende Winter alle Tollheit zu Stille und Frieden gezwungen.
An diesem zweiten Adventssonntag hatte die Dämmerung schon früh eingesetzt. Eine dichte Wolkendecke, die im Oberland bis an die Erde stand, hatte das Tal überspannt; es war kalt geworden, und ein feiner, dann wieder heftiger Wind trieb weiche Flocken und Graupel über die Flächen, verlor sich mit dünnem Singen im Bergwald und wuchs, nach Sekunden der Stille, wieder an.
Dort, wo sich der steile Waldweg durch den Oberland und Dorf trennenden Wald bald zur ersten Rodung öffnen würde, gingen drei Männer. Noch boten die massigen naßglänzenden Stämme Schutz. Dennoch kroch Kälte heran, brannte sich unter die wollenen Umhänge, deren zerfranste Ränder vereist über den Boden schleiften, durch Leinenhose und Hemd an die Haut. Ihre schlechten Schuhe hatten die Männer mit Lappen umbunden; längst waren sie zu starren, das Gehen beschwerlich machenden Klötzen gefroren. Die Männer gingen

langsam. Sie schwiegen, und nur dann und wann kam keuchender Atem, Husten und ein Fluch über ihre Lippen.

Der Weg ebnete sich wieder. Die merklich hellere Fläche der Rodung lag vor ihnen. Wieder fegte Wind mit Gewalt heran, zerrte an den Umhängen, flappte die Hutränder tief über die Augen und wieder zurück.

Überrascht standen die Männer still und verkniffen die Gesichter zu schützender Grimasse, welche die braun zerfressenen Zahnreihen des Oberkiefers sehen ließen, als gälte es, ein Untier abzuwehren. Dann setzten sie ihren Weg fort. Der närrisch wechselnde Schneewind, einmal zärtlich und beinahe lind, dann wieder mit bösartiger Wucht, riß urplötzlich die Sicht auf ein Gehöft am oberen Waldrand auf, das, wie ein stilles Grenzhaus, das Tor zum Waldland zu bewachen schien. Kurz war warmer Lichtschein aus einem der Fenster zu erkennen gewesen, bevor die Wolkenwand sich wieder verschloß. Die Männer gingen schneller, stolperten, rissen das eine und andere Mal haltsuchend an den Umhängen des anderen, voller Hoffnung auf die Wärme einer Bauernstube, auf freundliche Reden und köstliche, von der Bäuerin in Fett gebackene Krapfen. Ein Hund schlug zornig an. Die drei Männer, die nun den Platz vor dem Gehöft erreicht hatten, kümmerten sich nicht darum. Auch darauf, daß aus dem Wohnhaus kein Ton zu hören war, achteten sie nicht. Sie stellten sich nebeneinander auf: ein, soweit es unter dem Umhang zu vermuten war, schmächtiger Mann mit tiefliegenden, zigeunerischen Augen, dessen zottig dunkle Haare unter dem Hut über die Stirn fielen, dann eine etwas kräftigere, rundgesichtige und an den Wangen über den Bartstoppeln mit Ruß beschmierte Gestalt und ein junger Mann mit breitem Gesicht, eingefallenen Wangen und traurigem Blick, der jetzt einen zerdrückten, früher einmal goldfarbenen Stern hervornestelte, ihn ungeschickt glattstrich und sich vor die Brust hielt.

»He holla, die Klopfer sind da!«

Der Erste hatte es gerufen. Längst hätte sich die schwere Eingangstür öffnen, Bauer und Bäuerin und dahinter eine Schar

neugieriger Kinder hervortreten müssen, doch nichts geschah. Die Männer sahen sich fragend an. Dann hoben sie an.
»Wir ziehen daher
so spaad in der Nacht
weil heut ist die heilige Klöpfelnacht ...«
Schon der Einsatz ging gründlich daneben; einer der Männer schien gar nur die Lippen zu bewegen, und was den Kehlen der beiden anderen Wanderer entkam, wäre auch beim besten Willen nicht als Gesang zu bezeichnen gewesen. Die Tonlage schien sich von Silbe zu Silbe zu verändern, und die Stimmen der Männer klangen laut, wie von Rauch und Schnaps gebeizt und waren ohne jede Schönheit.
»Wir ziehen daher
über Wiesen und Klee
und hüten dem Bauern sein
Korn und sein Vieh
seine Rinder und Ross',
Schafeln und ...«
Sie schwiegen.
»... und Säu!« flüsterte der Untersetzte.
Der andere winkte ab. Nichts hatte sich bewegt, und nichts außer das nun schon heiser gewordene Gebell des Hundes und das zornige Gerassel seiner Kette war zu hören. Dann schwieg auch er, atmete keuchend und stand, starr auf die Ankömmlinge blickend, abwartend da.
Der Zigeunerische machte eine kleine Kopfbewegung zu den anderen und ging auf die Haustüre zu. Sofort schlug der Hund wieder an, und als nun alle drei zum Haus gingen und die Tür vorsichtig öffneten, steigerte er sich zu tobendem Gekläff.
»Ist niemand daheim?« rief der Vorangegangene in den düsteren Flur, dessen hinterer Abschluß sich im Dunkeln verlor. Der Hund war nur noch von fern zu hören.
»Ist niemand daheim?!« wiederholte der Mann, wartete aber keine Antwort mehr ab und öffnete eine Tür.
Zögernd betraten sie die Stube. Die Flamme des Kienspans, dessen Licht sie von der Weite aus gesehen hatten, war schon

fast bis zur in der Wand eingelassenen Halterung heruntergebrannt. Der Raum war noch warm, aber im Ofen schien bereits kein Feuer mehr zu brennen. Es war still. Die Männer sahen sich vorsichtig um. Saß in der Nische hinter dem großen Ofen vielleicht ein Ahne, vergessen und versponnenen Geschichten nachhängend, schweigend, blind versonnen in Gesichte der Vergangenheit?
Die Tür zur Küche stand offen. Auf dem offenen Herd knisterte leise herabgebrannte Glut. »Da!« Einer hatte die Tür zur Speisekammer entdeckt, sie aufgerissen und auf ein Regal gezeigt: Da standen, säuberlich aufgereiht, Töpfe, Kannen, trocknendes Obst und eine Schale voller Krapfen, die von der Bäuerin wohl bereits vorbereitet waren. Eine kleine Fensternische erleuchtete den niedrigen Raum, in dem die Männer nun in Töpfe und Kannen griffen, sich schmierig die Münder stopften mit Krapfen, Topfen und Käse und zuletzt einen Krug voller Rotwein – den die Bauern als Medizin gegen die weitverbreitete Blutarmut vieler Kinder aufbewahrten – entdeckten. Der Zigeunerische kicherte, setzte den Krug an und trank mit heftigen Zügen. Dann erstarrte er. Ein Geräusch!
Auch die anderen hielten inne und horchten. Der Hund bellte nur noch selten.
»Schschtt!«
Vorsichtig den Riegel mit den Fingern sichernd, öffnete der Zigeunerische die Tür und betrat, geduckt wie ein witterndes Tier, die Tenne.
Er schloß die Tür hinter sich. Es war dunkel; durch den Spalt der geöffneten Haustür fiel ein fahler Lichtschein nicht weiter als bis zur Mitte des Ganges. Zornig über das rauschende Pochen seines Blutes starrte der Zigeuner gespannt nach hinten, erkannte die Umrisse einer Holztreppe und dahinter die in Remise und Stall führende Tür. Sie stand einen Spalt offen und schlug nun, da wieder ein heftiger Windzug das Gehöft umheulte, knarrend ins Schloß.

– 4 –

Wenn Kriminalrat Pointner bei öffentlichen Aufmärschen Befehle rief, bei Beerdigungen verdienter Dornsteiner Bürger mit würdigen Worten die Taten der Dahingeschiedenen beschrieb, wirkte er trotz seiner kleinen, rundlichen Statur als respektheischende Persönlichkeit. Viel davon war jetzt nicht mehr zu erkennen. Sein Gesicht hatte die übliche leichte Rötung verloren, winzige Schweißperlen hatten sich auf seiner Stirn gebildet. Seine Virginia war ausgegangen. Das war ihm zuwider. Doch was er noch viel tiefer haßte, waren Aufregungen.

»Verzeihung, Herr Kriminalrat, ich ...«

Inspektor Kajetan war schnell an den Tisch des Vorgesetzten getreten und machte eine verlegene Handbewegung, mit der er andeuten wollte, daß er sich, als Kriminalrat Pointners zorniger Ruf endlich zu ihm durchgedrungen sei, im Aktenarchiv aufgehalten hatte. In diesem dämmerigen, stockig riechenden Raum, in dem er sich die meiste Zeit aufzuhalten hatte, wenn er nicht gerade, selten genug, zu Ermittlungen geringer Bedeutung abkommandiert wurde. Daß man ihn, den wegen zwielichtiger Verfehlungen von München an die Dornsteiner Polizeiinspektion Strafversetzten, sonderlich schätzte, konnte nicht behauptet werden, wenngleich die lobenden Worte des Landrichters sich herumgesprochen hatten.

»Es gibt keinen Grund, sich auf Lorbeeren auszuruhen, Kajetan.« Der Kriminalrat sog an seiner eben angezündeten Virginia. »In Walching«, er blies den Rauch aus und setzte erneut an, »in Walching ist ein junges Ding tot aufgefunden worden.«

»Mord?«

»Mord«, bestätigte Pointner ungeduldig, »würde es die Kriminalpolizei kümmern, wenn sie in der Surmgrube ersoffen wär?«

Kajetan sah zum Fenster.

»Und ums gleich kurz zu machen: Sie fahren dorthin und er-

mitteln. Das wird Sie bestimmt nicht überfordern, auch wenn ein Münchner sich mit den Berglern nicht so gut auskennt. Die Täter sind nämlich bereits festgesetzt. Es sind also nur noch gewisse Formalitäten. Von denen ich allerdings erwarte ...«
Er sog erneut und blies den Rauch in den Raum.
»Jawohl, Herr Kriminalrat?«
»... daß sie mit äußerster Zuverlässigkeit ausgeführt werden.«
Bevor Kajetan »Jawohl, Herr Kriminalrat« antworten konnte, fuhr Pointner schnell fort:
»Sie fahren noch heute rein.«
Pointner schien das Erstaunen des Inspektors bemerkt zu haben. »Heute noch«, sagte er bestätigend, »es geht auf die Feiertag' zu, und ich will keine Unruh im Bezirk. Sie wissen, daß ich so etwas dick hab.« Wieder stieg eine Rauchwolke zur Decke.
»Wissen Sie überhaupt, wo das liegt?«
Kajetan nickte schnell. Er wußte es nicht. Natürlich war der Name dieses Ortes schon in den Akten aufgetaucht: Tödlich zu Sturz gekommen ein Fuhrmann auf der Straße von Fraunreuth nach Walching. Der Delinquent geboren in Vill, Gemeinde Walching, Post daselbst, Bezirk Dornstein. Die Anklage gegen wildes Berschtentreiben in den Rauhnächten vor dem Anwesen des Trauner, Weiler Höllbach, Gemeinde Walching, Bezirk Dornstein ...
»Eine Pfarrei, südlich von Dornstein, nicht weit von der Grenze. Packens Ihr Zeug, Sie übernachten in der Post. Zwar«, unterdrückte Pointner ein Husten, das für Sekunden seinen kräftigen Körper aufzublasen schien, »zwar scheint die Sach an sich schon klar zu sein, aber schauns trotzdem nach Zeugen und all dem, was ich für den Rapport nötig hab. Noch Fragen?«
»Jawohl, Herr ... nein, Herr Kriminalrat.«
Die Hand mit der Virginia machte eine Bewegung zur Tür. Kajetan wandte sich zum Gehen.
»Ach ja, und noch was: Ihren Rapport will ich so bald wie möglich, und wenn Sie ihn im Postauto schreiben müssen. In-

formieren Sie mich außerdem sofort, wenn sich Ungewöhnliches ergeben sollte.«
»Ich hab gedacht ...«
»Da schau her.«
Kajetan schwieg verletzt.
»Ungewöhnliches halt, Kajetan. Nichts ist gewiß außer dem Sterben, nicht wahr?«
»Jawohl.«
»Wegtreten.«
Kajetan ging schnell aus dem Zimmer des Kriminalrats, durchquerte das Vorzimmer und wollte eben auf den Gang treten, als sich gleichzeitig die Tür öffnete und die Schreibhilfe des Kriminalrats lächelnd vor ihm stand.
»Du mußt nach Walching, gell?« sagte sie leise, ging wieder zurück und wies ihn, ihr zu folgen. Auf dem breiten Flur war niemand zu sehen.
»Wieso weißt Du schon wieder alles?« Er sagte es mit gespielter Verwunderung.
Sie zuckte hochnäsig die Schulter. »Mir kommt halt nichts aus, Paule.«
»Spaß beiseit, Agnes«, er wurde wieder ernst, »wieso schickt er gerad mich? Der Wimmer und der Aschenbrenner, die kennen sich doch da unten viel besser aus.«
»Der Wimmer ist seit heut im Krankenstand.«
»Und der Aschenbrenner?«
»Ist auf dem Gericht.«
»So.«
»Ja.«
»Aha.«
»Sei doch froh, kommst an die frische Luft«, sagte sie tröstend und berührte seinen Arm, »aber paß auf.«
»Auf was?«
»Die Walchinger sind Dickschädel. Ein Granitblock ist ein Badschwamm dagegen.«
»Hast Du etwa Verwandte da unten?«
Sie gab ihm eine zärtliche Ohrfeige. »Nein ... aber kannst Du

Dich noch an den Aufstand erinnern, den die Walchinger dagegen gemacht haben, daß die Eisenbahn durch ihr Tal gebaut werden sollt?«
»Das waren die Walchinger?«
»Das waren die Walchinger«, bestätigte sie, »und deswegen mußt Du mit dem Postauto fahren. Es fährt um vier Uhr ab.«
»Dann wird es nichts mit uns heut abend, Agnes. Ich hab mich drauf gefreut.«
»Bist ja nicht aus der Welt. Schick Dich, mach mir keine Schand und poussier nicht mit anderen Weibern, hast Du gehört?«
Er schnappte in gespielter Empörung nach Luft, aber sie hatte bereits die Tür geöffnet und wiederholte nun mit lauter Stimme: »Um vier Uhr, Herr Inspektor! In einer guten Stunde sind Sie drin'. Alles Gute! Wiederschaun, Herr Inspektor.« Sie zwinkerte ihm noch kurz zu, ging in das Vorzimmer und schloß die Tür.
Kajetan ging den dämmerigen Flur entlang, stieß an die niedrige Schwelle zum Treppenhaus, stolperte, hielt sich am Türrahmen fest und lächelte selig.

– 5 –

Der Kondukteur, ein hagerer Mann, aus dessen hohlwangigem Gesicht die Spitzen eines schwarzen Schnurrbarts standen, hatte sich halb umgedreht und seine Passagiere gemustert, als suche er nach einem entsprungenen Zuchthäusler, der sich ausgerechnet mit seinem Postbus davonmachen wollte. Der Motor lief bereits.
Fast alle Bänke waren besetzt. Zwei ältere Frauen unterhielten sich leise über den schmalen Mittelgang hinweg, rafften, als nun eine junge Bäuerin einstieg, ihre Röcke zur Seite und griffen sich unter das Kinn, als wollten sie den Knoten ihrer Kopftücher lockern. Die junge Bäuerin trug einen offensichtlich schweren Korb und führte mit der anderen Hand ein etwa vier-

jähriges Kind, das wiederum einen kleinen Jungen, fest in wollene Jacke und Hose gepackt, mit sich zog. Ihr folgten zwei ältere Mädchen, deren lange Zöpfe aus den Kopftüchern hingen. Sie wich den verhaltenen Blicken der Männer aus, bugsierte ihre Fracht auf einen der hinteren Sitze und schien einem der älteren Mädchen etwas zuzuzischen. Unmittelbar hinter dem Fahrer hatte eine städtisch gekleidete Frau mittleren Alters Platz genommen. An ihrer Seite saß ein schüchtern dreinblickender, dicklicher Junge.
Der Fahrer erhob sich, fixierte ein letztes Mal seine Passagiere, legte im Zurücksinken den Gang ein und fuhr los. Während die Straßen der Stadt noch schneefrei waren, säumten jetzt, nachdem die Außenbezirke der Stadt bereits hinter leichten Erhebungen verschwunden waren, niedrige Schneewehen die breite, geschotterte Chaussee, die in großzügigem Bogen nach Süden wies. Die Sonne, die in den Nachmittagsstunden aus den Wolken gebrochen war, warf bereits lange Schatten, als der Wagen den Saum eines Waldstücks erreichte. Von beiden Seiten neigten sich die kahlen Äste über die enger gewordene Straße, die sich bald wieder auf eine weite Ebene öffnete. Kajetan sah aus dem Fenster. Wie sich in der nun hügeliger werdenden weißen Fläche einsame Gehöfte, einzelne Wegbäume und dann und wann ein langsames Fuhrwerk in den Blick drehten, als säße er auf einem undenklich weiten Karussell, lenkte ihn ab. Ein alter Mann ging auf der rechten Wegseite und stieg weit in die Wächten, als ihn der Postwagen überholte und ihn kurz mit neblig warmen, nach Stadt und Ferne duftenden Auspuffgasen verhüllte.
»Bittschön, Herr!« Die junge Bäuerin war, an ihm vorbei, aufgestanden und ging nun schwankend nach vorne. Der Fahrer nahm den Blick nicht von der Straße, als sie ihm etwas zuflüsterte, trat dann auf die Bremse und schimpfte. Als der Wagen stand, holte die Frau mit hochrotem Gesicht ein weinendes Kind und ging mit ihm an den Straßenrand, wo es sich erbrach. »Immer das Gleiche«, brummte der Fahrer noch einmal, als er die Fahrt endlich fortsetzen konnte.

Immer mehr Fahrgäste hatten in kleinen Orten, deren Namen der Kondukteur nicht sonderlich laut ausrief, den Wagen verlassen. »Öha!« das ist ein Ruf, mit dem die Fuhrleute die Pferde zum Halten bringen, hatte ein älterer Bauer gerufen, als er in einen munteren Schwatz vertieft, fast das Aussteigen vergessen hätte. Alles lachte befreit, und auch der griesgrämige Fahrer mußte schmunzeln. Über den Kuppen der Landschaft näherte sich das Gebirge, dessen Gipfel noch den roten Schein der untergehenden Sonne fingen. In den enger werdenden Talböden war die Dämmerung schon weit fortgeschritten, und das mochte der Grund gewesen sein, warum das Fahrzeug in einer nach unten führenden Kurve plötzlich zum Schlingern kam. Die Fahrgäste hielten den Atem an. Schwitzend werkte der Kondukteur, um den Wagen wieder aus einer hohen Wächte zu lenken. Langsamer fahrend, erreichte er schließlich eine Anhöhe, von der sich ein weites, fast rundes Tal öffnete. Der Himmel im Westen warf blaßrotes Licht auf ferne Wolkenbänder. Schemenhaft waren die Gebäude des Dorfes zu erkennen.

»Walching, letzte«, rief der Fahrer und lenkte den Wagen auf den Dorfplatz.

An: Mrs. Hakansen Philomena, Manheim Pennsylvania, Vereinigte Staaten von Amerika.

Von: Mayr Adam, Post Walching, Kreis Dornstein Obb. Deutschland.

Lb. Schwester und lb. Schwager!

Ich danke Euch für Euren lb. Brief. Wie geht es dir lb. Mena und dem kleinen Tomerl. Er muß schon groß sein und Ihr habt gewiß viel Freud an ihm. Denkst Du noch an Deine Heimat. Aber in Amerika ist es bestimmt schöner und Du hast ja auch einen braven Mann gefunden. Ich habe noch nicht gehochzeitet. Ich bin halt nichts Rares mehr mit meinen fünfundvierzig Jahren. Mein Salär als Wachtmeister ist nicht so gut daß sich eine die Finger danach abschlecken möcht. Denkst Du noch an deine Heimat. An die Mooshütten die wir im Wald gebaut haben und du immer so eine Angst vor den Schlangen gehabt hast und der Hr. Pfarrer uns erwischt hat beim nackert sein am Gumpen. Dies Jahr war der Herbst wie ein Wunder so schön, rot alle Bäum und eine Sonn wie im Frühjahr. Vor etliche Tag hat es geschnieben und alles ist still und todt. Bei den Berschten am Nikolaustag hab ich streng auf dem ki-wif sein müssen, damit sie nichts anstellen. Sie werden jedes Jahr wilder. Die Bäckin hat bei mir Klag geführt deswegen du kennst sie ja die Bäck Agerl ihr Mann ist auch schon verstorben und der Egid von der Wagau hat bei ihnen eingeheiratet. Er ist ein rechter Lapp und hat nichts zum Lachen bei der Agerl heißt es aber ich hab nichts gesagt.

Aber nichts Schlimmeres kann man sich denken als was in der zweiten Adventsnacht über uns gekommen ist. Das Erber Sannerl von der Wieser Kat dem Erber sein angenommenes Kind ist erschlagen worden. Die Kat ist auch schon gestorben und wer der Kindsvater war hat sie nimmer gesagt Gott sei ihr gnädig die gute Kat. Gestern nacht ist der Erber vom Oberland du kennst den Simon und sein Vater und die Mutter sind auch schon verstorben mit dem Hr. Bürgermeister auf die Wach gekommen und der Erber war ganz auseinander und hat geschrien, das sollt ihr mir büßen, und gesagt, daß das Sannerl erschlagen worden ist. Wir sind gleich rauf in der Nacht und alles war taghell von den Lichtern und in all dem Rumor war die Erberin still wie ein Stein. Der Hutter vom Oberland du kennst ihn hat Fußstapfen gefunden zur Lötzermahd und da haben sie die Mörder herausgeholt, bis ich dazwischen gegangen bin weil sie sie gleich erschlagen möchten haben sie geschrien. Was tun die Leut allerweil so und wenn sie einen Grund haben erschlagen sie andere wie Vieh und sagt alles, es war keine Untat. Je mehr sie in die Kirch rennen desto mehr denk ich mir, du bist auch einer, dem müßt ich bloß den Säbel geben und du tätst deinen Nachbarn den Kopf abhauen. In der Früh hab ich nach Dornstein telephoniert und der Hr. Kriminalrat Pointner hat mir gesagt, ich soll ja nur Wacht halten und daß keine Unruh ist im Dorf und daß er einen Inspektor hereinschickt. Das Telephon ist auch neu gemacht worden beim Hr. Bürgermeister und elektrisch hat er auch und bildet sich mords was drauf ein, aber viele sagen da braucht es nicht soviel Licht und ist die Binder Frieda beim Schmelzbräu schon an das Elektrische gekommen und fast verstorben daran ...

– 6 –

Mit einem zornerfüllten Schrei hatte Luk die Tür des Gasthofs aufgedroschen und die Menge auf dem Dorfplatz zum Schweigen gebracht. Nun stand seine hohe, hagere Gestalt vor schwach ausfallendem Licht. Er hob einen Laib Brot wie eine Monstranz in die Höhe. Dann ging er los.

»Der spinnerte Luk!« Die Menschen, die sich vor der Gendarmerie angesammelt hatten, wichen zurück. Luk ging in schrecklicher Feierlichkeit auf zwei junge Männer zu, die seine Absicht erahnten und sich ihm in den Weg stellen wollten. Er durchbohrte sie mit Augen von derartiger Wildheit, bis sie schließlich mit gesenkten Köpfen zur Seite traten.

»Was willst Du, Luk?!« schrie Wachtmeister Mayr, der zuvor verzweifelt versucht hatte, der tobenden Menge den Zugang zum Gefängnis zu versperren. Der Verrückte antwortete nicht, hielt den Brotlaib höher und kam langsam näher.

Der Wachtmeister wollte einen Schritt auf ihn zugehen, rutschte jedoch auf der obersten Stufe der kleinen Vortreppe aus und fing sich an der Türklinke. Wie benommen öffnete er die Tür zum Gefängnis, ließ den Mann hinein und stellte sich mit verwirrtem Gesicht wieder davor. Er suchte nach Worten, hob die Hände, doch niemand sagte ein Wort. Dann tauchte Luk hinter ihm wieder auf, die Untiere hatten ihn nicht zerrissen, und ging, nun mit einem glucksend anwachsenden Gelächter, wieder zurück.

Vor der Tür des Gasthofes drehte er sich um.

»Schießts!« schrie er und hob die Hände. »Schießts!«

Er lachte keckernd und verschwand im Gasthof. Dann brach wie ein geborstener Damm erneut Empörung auf. »Laß uns

rein, Adam, wir machen kurzen Prozeß!« Der Wachtmeister hob hilflos die Hände. Dann sah er den Postbus.
»Mörder! Grattler! Hängt sie doch gleich auf!« tönte es wieder, doch Mayr hörte nicht mehr hin. Er prüfte den Sitz seines Säbelgurts, hob den Kopf und eilte zur Haltestelle.
Das mußte der Inspektor sein.
»Sie sind gewiß von der Bezirksinspektion, Herr Inspektor ...?«
»So ist es.«
»Wachtmeister Mayr Adam, Herr Inspektor.« Der Dorfpolizist hatte sich leicht verneigt.
»Kajetan, Kriminalinspektor. Habe die Ehre ... Sagen Sie, bei Euch gehts ja zu wie auf dem Viehmarkt.«
Der Wachtmeister wandte sich um. »Jetzt gehts endlich heim, herrgottnochmal! Wo schon der Herr Inspektor da ist! Wie steh ich denn da!« rief er erbost.
Das schien zu wirken.
»Bitteschön, Herr Inspektor«, er drehte sich wieder zurück, »gehen wir doch gleich rüber zum Bürgermeister, der wartet schon auf uns.«
Er deutete auf ein Gebäude – »dort, bitteschön, Herr Inspektor« – gegenüber der Gendarmerie. Daß es sich um ein Gemeindeamt handelte, war nur an einem handgemalten, bereits verblaßten Schild zu erkennen, welches über den Türsturz genagelt war. Neben dem Eingang hing eine Anschlagtafel: eine vergilbte Wahlaufforderung, ein neuerer Aushang über die Pflicht zur Ablieferung von Waffen, gemäß Reichsgesetz Numero soundso.
Bürgermeister Thomas Lindinger war gleichzeitig der größte Bauer im Dorf. Er befand sich in der Mitte der Fünfziger, hatte eine kräftige Statur und bewegte sich mit großbäuerlicher Würde. Was dieser Tage jedoch über das Dorf hereingebrochen war, erfüllte ihn mit Unruhe. Er erhob sich von einem Stuhl und ging schnell auf die beiden Ankömmlinge zu, wobei er den Wachtmeister ignorierte.
«Habe die Ehre, Herr Inspektor. Lindinger, mein Name, Bürgermeister von da.«

Kajetan ergriff die kräftige Hand und stellte sich vor.
»Hocken Sie sich doch hin, Herr Inspektor.«
Der Bürgermeister wies auf einen Stuhl und nahm wieder Platz.
»Adam ...!«
Der Wachtmeister sah irritiert zum Bürgermeister.
»... der Mantel!«
Jetzt begriff Mayr und half Kajetan, der dies abwehren wollte, aus dem Mantel.
»Jetzt sagen Sie einmal selber, Herr Inspektor«, begann der Bürgermeister, »darf es so etwas geben? So eine furchtbare Geschichte grad jetzt, wo es auf die Feiertage zugeht.«
Mayr nickte bestätigend.
»Aber«, fuhr Lindinger fort, »viel Müh werden Sie nicht haben. Diese Grattler, die wo das Dirndl umgebracht haben, haben wir schon eingesperrt.«
»Ist mir schon gesagt worden. Meinen Respekt! Wenn's nur immer so leicht gehen tät.«
Der Bürgermeister genoß das Lob, wurde dann jedoch wieder ernst. »Na, so wild war es nicht. Vom Erberhof, wo die Sanne daheim war ...«
»Sanne, das ist das Mädchen, das ...«
»Die Erber-Sanne, so ist es. Die erschlagen worden ist. Also, vom Erber aus sind Fußspuren weggegangen. Denen sind wir einfach nach, ich, der Wachtmeister, der Erber, der ... Wer war noch dabei, Adam?«
»Der Hutter, der Bäck, der Steinberger und ...«
»... die fallen uns schon noch ein, die anderen. Die Spuren sind direkt zum Heustadel bei der Lötzermahd gegangen ...«
Kajetan beugte sich fragend vor.
»Die Lötzermahd ist dem Lötzer seine Mahd«, erklärte der Bürgermeister nachsichtig und setzte hinzu, langsamer sprechend, »das ist die Wiese vom Lötzerbauern im Oberland.«
»Verstanden«, nickte Kajetan mit leichter Ungeduld, »redens nur weiter. Im Heustadel haben Sie also die Täter gefangen. Wieviel waren es?«
»Drei«, hatte der Bürgermeister geantwortet, obwohl Kajetan

den Wachtmeister angesehen hatte, »wir haben sie ins Dorf runtergebracht und im Keller von der Gendarmerie eingesperrt.«

»Dann werden sie ja alles bereits zugegeben haben, nehm ich an.«

Lindinger hob die Augenbrauen besorgt und sah zum Wachtmeister. »Noch ... nicht, Herr Inspektor«, stotterte Mayr. Der Bürgermeister seufzte, fingerte nach einem Bleistift und legte ihn wieder fort. »Aber dafür sind Sie ja jetzt da, Herr Inspektor«, sagte er hoffnungsvoll. Als Kajetan nicht sofort darauf antwortete, setzte er hinzu: »Ich möcht halt, daß bald wieder eine Ruhe ist in unserer Gemeinde. Muß jetzt so eine Gaudi sein, grad jetzt, wo es auf die Feiertage zugeht ...«

Kajetan unterbrach ihn. »Was sind's denn für welche?«

»Was?«

»Na, die Ihr erwischt habt?«

»Die haben sich schon seit ein paar Tagen in der Gegend rumgetrieben. Gedacht hat sich keiner was, weil um die Zeit allerweil die armen Schiffleut als Sternsinger auf Klöpflreis gehen ...«

»Auf was?«

»Klöpflreis«, erklärte der Bürgermeister, »das ist ein alter Brauch. Da gehn arme Leut von Haus zu Haus, sagen dem Bauern ein Sprüchl auf und kriegen was zum Essen. Oder auch ein paar Kreuzer, wenn ein Geld im Haus ist. Sie kommen meist von Oberndorf, auf der anderen Seite vom Jochberg liegt das ...«

»Ach so.«

»... aber ich muß sagen, früher«, der Bürgermeister seufzte wieder und sah nach draußen, »früher, da war das noch ganz was anderes, da ...«

»Wann ist die Tote denn gefunden worden?«

»Um ...«, begann der Bürgermeister, doch Kajetan winkte ab und wandte sich an den Wachtmeister. Dieser nahm unwillkürlich Haltung an.

»Um, warten Sie, so um sechs Uhr dürfte das gewesen sein.«

»Was heißt das: dürfte?«
»Weil der Erber gegen sieben zum Bürgermeister gekommen ist ...«
Jetzt konnte sich Lindinger wieder einmischen: »... war ganz auseinander und hat geschrien: Die Sanne haben sie umgebracht, die Sanne ist tot! Ich sitz grad mit meiner Frau beim Nachtmahl, da geht die Tür auf und der Erber kommt herein und ...«
Von draußen war wieder lautes Geschrei zu hören. Mayr war ans Fenster getreten und hatte in die Dunkelheit geschaut. Nun unterbrach er Lindingers Erzählung. »Thomas ... Herr Inspektor, ich muß rüber. Da sind wieder ein paar beim Gefängnis. Besoffene, fürcht ich.«
Kajetan nickte besorgt. Der Wachtmeister verließ schnell den Raum.
Der Inspektor wandte sich wieder dem Bürgermeister zu, der sich ebenfalls erheben wollte. »War die Sanne dem Erber seine Tochter?«
»Nein. Ein Pflegekind. Das haben hier viele Bauern. Meist sind's ledige Kinder oder Waisen aus der Verwandtschaft.«
»War sie Waise?«
Lindinger schüttelte den Kopf. »Sie ist von einer Dirn auf dem Erberhof, die schon vor dem Krieg gestorben ist. An der Bleichsucht. Furchtbar.«
»Und einen Vater gibts nicht?«
»Nur dummes Gerede.«
»Über den Bauern?«
»Auch über den Erber, freilich. Was die Leut halt so daherreden.«
»Und ist was dran?«
»Sagen wir es einmal so: dabei war ich nicht.« Er lächelte vielsagend.
»Wie alt war sie eigentlich, die Sanne? Susanne, nicht wahr?«
»Gute sechzehn. Auf den Hof hätte sie aufpassen sollen, derweil der Bauer mit der Frau und den Kindern im Dorf auf Besuch waren.«

»Zu Besuch wo?«
»Bei ihr seiner Mutter, der alten Kramerin, die seinerzeit das Geschäft am Kirchplatz gehabt hat.«
Von draußen war wieder lautes Geschrei zu hören, das auch dem Bürgermeister Sorgen zu bereiten schien. Kajetan überlegte kurz, ob er dem armen Wachtmeister zu Hilfe kommen sollte. Dann aber war plötzlich Ruhe.
»Der Erber, ist das eigentlich ein 'Großer'?«
Lindinger machte eine abwinkende Handbewegung und schien belustigt. »Der Erber? Ein 'Großer'? Gotteswillen, nein. Hungerleider sinds. Da oben leits ja nicht einmal einen Knecht, so notig ist alles. Nein«, er schüttelte, nun wieder ernst geworden, den Kopf, »beim Erber, das war nie was und wird nie was. Und jetzt auch noch den Verdruß mit der Sanne ...«
»Gut, Herr Bürgermeister, wir lassen es für heute gut sein. Ich dank erstmal.«
Doch Lindinger schien noch nicht ganz zu Ende gekommen zu sein. »Die Sanne war«, sagte er schnell, »wie soll ich das sagen, also ... sie war schon ... ein bisserl damisch. Ein nettes Dirndl, aber ein bisserl damisch.«
Kajetan hatte bereits seinen Mantel geholt, setzte sich jetzt aber noch einmal. »Wie war sie?«
»Damisch. Wirr. Im Kopf drin, verstehens?« Der Bürgermeister senkte die Stimme eifernd, »nicht, wie halt Weiber hie und da sind, sondern ...«
Die Tür hatte sich wieder geöffnet und Mayr trat wie ein siegreicher Feldherr in den Raum. »Ah, Adam ... ist jetzt endlich eine Ruh draußen?«
Der Wachtmeister nickte, als sei es ein Kleines für ihn gewesen, die beiden baumstarken Betrunkenen davon abzubringen, zu den Gefangenen vorzudringen. Doch die Anstrengung stand ihm noch ins Gesicht geschrieben.
Kajetan zog sich endgültig an und nahm seinen kleinen Koffer. »Gut gemacht, Herr Wachtmeister. Und gute Vorarbeit ist ja auch schon geleistet worden. Ich mein, wir werden nicht allzugroße Schwierigkeiten haben.«

Mayr nahm Haltung an, als würde ihm soeben ein Orden überreicht. »Durchaus, Herr Inspektor.«
»Wo schlaf ich denn, Herr Bürgermeister?«
»In der Post drüben. Ich zeigs Ihnen ...«
»Das brauchts nicht. Bevor ich mich hinleg, möcht ich nur noch die drei Arrestanten in Augenschein nehmen ... wenn sie noch da sind.«
»Mir kommt keiner aus, Herr Inspektor«, antwortete der Wachtmeister stolz. Der Bürgermeister sah, sich beherrschend, zur Decke.

– 7 –

Das Treppenhaus hinter dem Hauptraum der Gendarmerie war schwach beleuchtet. Der Wachtmeister suchte umständlich einen Schlüssel aus einem umfangreichen Bund und öffnete dann die Tür zum Keller.
»Gebens acht, Herr Inspektor. Die Treppe ist ziemlich steil.«
Mayr nahm die Petroleumlampe, die er zuvor abgestellt hatte, und ging voraus. Die Tritte seiner genagelten Schuhe knallten auf den steinernen Stufen. Die Treppe endete, soweit dies im schwachen Schein der Lampe auszumachen war, in einem hohen, gewölbten Raum. Es war kalt, und die Luft roch nach toter Erde.
»In diesem Loch bringt Ihr die Gefangenen unter?«
Mayr sah erstaunt zu ihm. »Es ist ja nur für ein paar Tage«, begann er entschuldigend. Dann fuhr er zurück. »Eh.« Mit großer Geschwindigkeit war eine Ratte über den Steinboden in eine Nische hinter der Treppe gerannt. Auch Kajetan trat angeekelt zurück. Mayr faßte sich. »Hier, Herr Inspektor.«
Im Lichtkreis der Lampe tauchte ein Gitter auf, das einen in die Tiefe des Gewölbes führenden Raum absperrte. Kajetan sah nichts als eine breite, stählerne Pritsche, von der naßwelkes Stroh herabhing und auf der einige Stoffbündel zu liegen schienen.

»Ihr Licht, Herr Wachtmeister.«
Mayr gab es ihm. Kajetan hob es höher, um einen besseren Blick auf das Innere der geräumigen Zelle zu haben. Da flog ein verheertes Gesicht heran und preßte sich an die Eisenstäbe. Eine Hand krallte sich in den Halskragen Kajetans. Er wich entsetzt zurück.
»Zurück!« schrie der Wachtmeister, »oder ich brenn Dir eine drauf!« Seine Hand fuhr zu seinem Säbel.
»Laßt uns aus!!« ächzte eine Stimme. Nun war auch Bewegung in das reglose Bündel auf der Pritsche gekommen. Aus dem Dunkel löste sich eine weitere Gestalt und ging zögernd zum Licht. Auch der Dritte richtete sich von der Pritsche auf, blieb jedoch abwartend sitzen.
In maßlosem Zorn versuchte der Mann, sein Gesicht durch die Stäbe zu pressen. Die Kanten des Gitterstabes verzerrten sein Gesicht zu einer abstoßenden Fratze.
»Zurück!!« wiederholte der Wachtmeister mit bebender Stimme und zog seinen Säbel.
»Laß!« bellte Kajetan, der einen Schritt zurückgetreten war und der fassungslos die Szenerie beobachtet hatte. Mayr schaute ihn an. »Kommen Sie!« Kajetan machte eine herrische Bewegung und ging nach oben. Zögernd folgte ihm der Wachtmeister. Kajetan blieb auf der Mitte der Treppe stehen. Im abfallenden Licht der Lampe sah er noch die wie toll kreisenden Arme des Gefangenen, dessen Wut nun in ein heulendes Wimmern übergegangen war. Tapsend folgte der Wachtmeister dem Inspektor nach oben. Zitternd verschloß er die Tür zum Keller.
»Wachtmeister«, sagte Kajetan mit scharfer Stimme, »nur eines: die Gefangenen werden auf der Stelle ärztlich versorgt und kriegen eine warme Suppe!«
Mayr nickte verdattert. »Heut noch, Herr Insp ...?«
Kajetan packte zornig die Hand des Wachtmeisters und hob sie mit der Lampe an dessen Gesicht.
»Heut noch! Gute Nacht!«

Als sich die Tür am oberen Ende der Treppe geschlossen hatte, erwachte der Gefangene wieder zum Leben, rüttelte erneut an den Gitterstäben und fluchte.
»Laß sein, Mauritz«, sagte einer der Gefangenen. Der Angesprochene ließ die Stäbe los und ging langsam tastend zu seiner Liegestatt. Es war dunkel. Allein durch eine kleine, nach oben führende Luke schien schwach das Mondlicht.
»Was ... war das für einer, der da mit dem Wachtmeister gekommen ist, Hans?«
»Weiß nicht, Mauritz.«
»Das war ein Höherer.«
Sich selbst bestätigend, nickte Mauritz. Hans' Stimme kam aus der Dunkelheit, zögernd: »Wegen dem bissel Speis-Ausräumen? Das glaub ich nicht.«
Mauritz senkte den Kopf. Dann drehte er sich wieder zum Lichtschacht. »Die wollen uns was anhängen«, sagte er ruhig, »nämlich das mit der Dirn.«
»Waas?«
»Das wollen die. Tät sonst ein Höherer kommen?«
»Aber ... das waren wir nicht, Mauritz!«
Mauritz hatte sich nicht bewegt. Er sprach weiter mit überlegter Stimme, als wolle er etwas ergründen.
»Das wissen w i r, ja.«
Hans schwieg. Sein Atem war heftiger geworden. Der Dritte war nicht zu hören.
»... Mauritz?«
»Was?«
»Mauritz ... du weißt es ... genau?!«
»Was ...? Daß ...« Mauritz schnappte überrascht nach Luft, dann begriff er.
»Nichts, Mauritz, nichts«, wollte Hans noch zu ihm sagen, da flog Mauritz schon auf ihn zu, tappte wütend, reißend, suchend nach ihm, ergriff ihn, warf ihn zu Boden und schlug auf

ihn ein. Nun kam Bewegung in den dritten Gefangenen. Er stand auf, packte nun mit zunächst tastendem, dann festem Griff den tobenden Mauritz und schleuderte ihn an die Gitterstäbe.

– 9 –

Kajetan betrat den breiten, von einem flachen Gewölbe überspannten Hausgang des Gasthofes, stampfte sich Schneereste von den Schuhen und blieb einen Moment unschlüssig stehen. Wie aus weiter Ferne hörte er, wohl aus der Küche, das Scheppern von Töpfen und Pfannen und dazwischen eine deutliche, herrische Frauenstimme. Dann flog eine Tür im hinteren Bereich des Ganges auf.

Weinend lief ein Mädchen heraus und verschwand durch die Hintertür, verfolgt von ärgerlichem Geschimpfe. Kajetan ging nach hinten und wäre fast mit einer sich energisch bewegenden Frau zusammengestoßen. Der zornige Ausdruck ihres schönen Gesichts verflog, als sie den Inspektor sah.

»Die Wirtin?«

Sie nickte freundlicher. »Und Sie sind der Herr Inspektor. Der Thomas hat mir schon Bescheid gesagt.« Sie trocknete sich ihre Hände an der Schürze ab. »Kommens mit. Ich zeig Ihnen, wo Sie schlafen.«

Der Schlüssel des zum Dorfplatz ausgerichteten Zimmers steckte. Sie öffnete die Tür, ließ den Inspektor vorbeigehen und folgte ihm dann, einen prüfenden Blick auf Bett und Boden werfend. »Ist es so recht?«

»Ist es.« Kajetan legte seinen kleinen Koffer auf eine Anrichte.

»Hätt der Herr Inspektor noch einen Gust auf ein Nachtmahl?« Sie zählte auf, was sie ihm noch zubereiten könne, ihn aufmerksam betrachtend. »Geröstete Kartoffeln mit Speck, ja«, sagte Kajetan, »und einen Schoppen Roten. Das wär jetzt recht.«

»Gern.« Sie lächelte freundlich. Beim Hinausgehen drehte sie sich noch einmal kurz um und sagte, sich entschuldigend: »Man hat halt ein Kreuz mit den Dienstboten. Unsere Burgi ist ein gutes Ding, aber den Kopf hat sie allerweil woanders. Da muß einer schon mal andere Saiten aufziehen.«

Kajetan winkte verstehend ab. Als sie hinausging, schwang ihr schwerer Rock samten patschend an den Pfosten des Türstocks.

Der Inspektor zog seinen Mantel aus und hängte ihn an einen Haken. Das Zimmer war klein. Neben dem Bett, auf einer kleinen Anrichte, über der ein Spiegel angebracht war, stand eine Keramikschale mit einem Wasserkrug, und ein sauberer, doch bereits stark abgetretener Teppich, aus Stoffresten gewebt, bedeckte die dunklen Bohlen des Bodens. Eine matte Glühbirne unter einem einfachen Lampenschirm erleuchtete den Raum.

Er ging nach unten und betrat die Gaststube. Auch sie war schwach erleuchtet, und der Inspektor sah nicht sofort, daß im hinteren Bereich des großen Raums ein einsamer Gast saß. Kajetan nickte ihm zu, doch der Mann schien ihn nicht zu bemerken. Offenbar groß gewachsen, mit langen, weißen Haaren, die ihm in Strähnen bis auf die Schultern fielen, starrte er finster versonnen vor sich hin, wie abwesend und dennoch auf geheimnisvolle Weise den Raum füllend.

Kajetan setzte sich in die Nähe des Kachelofens, der noch Wärme ausstrahlte. Die Tür neben der Schänke öffnete sich. Die Wirtin kam herein, nickte ihm freundlich zu, nahm ein Glas aus einem Schrank und goß Wein ein.

»Kriegt der Luk noch etwas?« sagte sie laut, ohne den Kopf zu wenden.

»Der Luk geht«, antwortete dieser; es klang böse, was die Wirtin aber nicht zu betreffen schien. Dann stand er auf und ging mit langsamen, gleichmäßigen Schritten weg. Die Wirtin brachte den Wein.

»Zum Wohl, Herr Inspektor.«

Sie bemerkte, daß Kajetans Blicke dem seltsamen Gast gefolgt waren. »Sie müssen sich nichts denken«, sagte sie im Weggehen, »das ist bloß der Luk.« Sie machte eine kreisende Fingerbewegung auf ihrer Stirn. »Ein Spinnerter ...«, ergänzte sie und zuckte mit den Schultern, als wolle sie sagen: So einen muß man lassen, wie er ist. Dann war sie in der Küche verschwunden.

»Ist das Geröstl fertig, Burgi?« hörte Kajetan ihre strenge Stimme, und eine andere antwortete in unverständlichem, doch eilfertigem Ton.

– 10 –

Kajetan öffnete das Fenster seiner Schlafkammer und sah auf den Dorfplatz hinab. Nur einige Fenster der den Platz begrenzenden Gebäude waren noch erleuchtet, und unter ihm fing ein kleiner Hof das Licht der über dem Eingang angebrachten Lampe, deren Schein sich bald auf der von grauem Mondlicht überfluteten Fläche verlor.

Kälte hatte sich pelzig über die Haut seines Gesichtes gezogen; gierig atmete Kajetan Luft ein und fühlte plötzlich, wie all die Unbill der vergangenen Tage von ihm abzufallen schien. Er wollte es halten, dieses linde, durch die Adern strömende Glücksgefühl, doch es blieb in schmerzender Entfernung. Er schloß das Fenster und begann sich auszuziehen.

Er hörte nicht, wie sich unter ihm die Tür des Gasthofs öffnete. Die Hausmagd des Gasthofs, sie hatte sich eine dicke Schulterdecke umgeworfen und trug einen Topf, überquerte mit schnellen Schritten den Dorfplatz und klopfte an das Tor der Gendarmerie. Mayr musterte sie mit müden Augen. »Was kommst'n erst jetzt?«

»Jetzt täts noch pressieren für die Bagage«, maulte die Magd. Der Wachtmeister brummte etwas, hob den Deckel des Topfes, in dem eine nicht sonderlich dicke Suppe schwappte, holte den Schlüssel und ging mit ihr zur Tür, die in das Kellergefängnis führte. Er hängte die Lampe an einen Haken im Vorraum und ging wieder nach oben.

»Ist schon zugesperrt, Adam, gellja?«

»Ist mir schon mal einer ausgekommen?« fragte der Wachtmeister mürrisch. »Jetzt gibst denen deine Suppe, und wenn was ist, schreist mir einfach. Und stell dich nicht so an. Der Inspektor hat's angeschafft.«

Die Magd nickte und stieg zögernd in die Tiefe. Unten angekommen, sah sie sich ängstlich um. Dann ging sie langsam auf das Gitter zu und blieb einen Meter davor wie festgewachsen stehen.

Die Männer bewegten sich und kamen zögernd ans Licht.

»Suppe gibt's«, flüsterte eine Stimme. Die Magd streckte die Hand mit einem gefüllten Napf aus. Sie bewegte sich voller Vorsicht. Wie dürre Zweige wuchsen sechs Hände zwischen den Gitterstäben hervor. Als alle Männer die Suppe ungläubig in ihrer Hand hielten, ging sie schnell zurück zum Treppenabsatz und setzte sich.

Die Männer schlürften gierig. Ab und zu warfen sie einen freundlichen Blick zu ihr. Burgi sah mit weit geöffneten Augen zu. Dann rutschte sie eine Stufe höher. »Schauts ned a so.«

Einer der Gefangenen sah auf.

»Ich liaßt Euch verhungern.«

»Dann hältst besser dein Bappn«, fauchte Mauritz zurück.

»Schmeckts Euch?«

Hans sah auf, sah sie eine Weile an und nickte dann mit warmen Augen. »Gut«, sagte er leise.

»Weil ich hab nämlich reingebiselt.«

Die beiden Männer erstarrten. Auch der dritte Gefangene senkte den Napf und sah ungläubig auf.

Burgi schnellte hoch und ging hastig einige Schritte nach oben, als mißtraue sie der Festigkeit der Gitterstäbe.

Mauritz, in maßlosem Zorn, schleuderte seinen Napf nach ihr.

Die Magd, in deren blödem Gesicht sich Triumph und Angst mischten, raffte nun ihre Röcke und lief hoch; der zweite Napf britschte an ihre Beine und fiel klappernd über die Steinstufen zurück.

»Mörder!! Adam! Hilfe, Adam!!«

– 11 –

Als Kajetan am nächsten Morgen den Gastraum betrat, lebte das Haus bereits. Der gekachelte Ofen, neben dem er Platz nahm, strahlte sanfte Wärme aus, und in der Mitte der eisblumenblinden Fensterscheiben hatten sich kleine, runde Klarflächen gebildet.
»Guten Morgen, Herr Inspektor. Gut geschlafen?« Die Wirtin stand im Türrahmen. Sie hatte noch einen dicken, wollenen Umhang um die Schultern geschlungen und trug, wie Kajetan kurz sehen konnte, dicke, wollene Strümpfe.
»Ich bring Ihnen gleich einen Kaffee«, fügte sie an das Nicken Kajetans und verschwand wieder in der Küche.
Kurze Zeit später erschien sie wieder, mit den Ellbogen die Klinke drückend, mit einer Schale dampfenden Kaffees. »Die Dienstboten sind noch im Stall«, erklärte sie, stellte die Schale ab, warf ihm einen freundlichen Blick zu und ging wieder zurück.
Kajetan umfaßte die Schale mit beiden Händen. Sie war heiß. Nun brachte die Frau einen Teller mit Wurst, etwas Butter und einigen Scheiben dunklen Brotes. »Frisch ist es bei uns, gell?«
»Das macht einen guten Schlaf, Frau Wirtin.«
»Das ist wahr.« Sie lächelte. »Den haben Sie gewiß nötig, gell? Fehlt noch was? Ach, das Besteck.« Sie ging zu einer kleinen Anrichte neben dem Ausschank und kramte ein Messer und einen kleinen Löffel hervor, legte sie auf Kajetans Tisch, wobei sie den Inspektor mit einem prüfenden Blick bestrich. Dann ging sie wieder in die Küche.
Kajetan nahm einen Schluck und hörte, wie die Ofenklappe geöffnet und Holz nachgeschürt wurde. Dann kam die Wirtin zurück, setzte sich leicht abgewandt, mit Blick zur Tür, an Kajetans Tisch und verschränkte die Arme fröstelnd vor der Brust. »Furchtbar, die Sache mit der Sanne, gell?«
Kajetan nickte kauend.

»Grad jetzt, wo es auf die Feiertag zugeht. Wo doch sonst Jahr und Tag nicht sowas passiert bei uns.« Sie redete schnell. »Meinens, daß sie zum Tod verurteilt werden?«
»Das«, schluckte Kajetan, »wird der Richter in Dornstein entscheiden, Frau Wirtin.«
Sie nickte und fuhr leiser fort: »Furchtbar ... das arme Ding ... noch keine sechzehn, und so ein Leben ist schon vorbei ... So wie in der Stadt ist der Kaffee freilich nicht bei uns, gell, Herr Inspektor?«
»Grad recht ist er, Frau Wirtin. Da wirds einem warm.«
Sie lächelte leicht, kam aber sofort wieder zu ihrem Thema. »Ja, die Sanne ... sie war sowas, wie soll ich sagen, sowas Feines. Das hat ihr keiner gewünscht, daß sie so jung schon sterben muß ...«
»Ein wenig verrückt soll sie gewesen sein. Ist das wahr?«
Die Wirtin riß die Augen überrascht auf. »Die Sanne? Gehns, wer sagt denn sowas? Verrückt? Nein! Halt ein bisserl anders, sagen wir mal, gell. Aber doch nicht narrisch! Ein bisserl ernst für ihr Alter, mag sein. Aber soviel hats ja auch nicht zum Lachen gehabt. Keine Eltern mehr ... hat schon früh fest arbeiten müssen beim Erber.«
»Hat sie es da eigentlich gut gehabt, beim Erber?«
»Da hats nie was gegeben. Er hat sie gehalten wie sein eigenes Kind.«
»Und der Vater, ich mein: der leibliche Vater, der ist nie aufgetaucht?«
Die Wirtin schloß die Arme fester um ihre Brust. »Nein. Boshafte Leut sagen, daß sie vom Bauern selbst ist, daß er nämlich seinerzeit was mit der Magd gehabt hätt. Aber«, sagte sie mit energischer Überzeugung, »ich glaub das nicht. Ich will auch gar nichts gesagt haben.«
»Ich hab auch gar nichts gehört, Frau Wirtin.« Kajetan lächelte, wurde jedoch gleich wieder ernst, als er die Augen der Frau auf sich gerichtet sah.
»Ein bisserl ernst war sie, ja. Als Kind nie! Da war sie lustig und allerweil freundlich. Einmal hat sie sogar ein Gedichterl

geschrieben und es bei der Primiz vom Gabler Jakob aufsagen dürfen.«

»Ein Gedicht?«

»Selber geschrieben, jawohl! Oh, die Sanne war eine Gescheite, das kann man ruhig laut sagen.«

Kajetan bemühte sich, sie nicht zu unterbrechen, und murmelte ein halblautes »Da schau her«.

»Aber verrückt«, wiederholte die Wirtin, »verrückt, nein. Ich hab sie gern gemocht«, setzte sie bewegt hinzu, »furchtbar ...«

Dann stand sie plötzlich auf, ging zu einem der Fenster und sah für Minuten unbewegt hinaus. Sie weinte leise. Kajetan hörte betroffen ihr Schluchzen.

»Frau Wirtin ... nehmen Sie sich das doch nicht so zu Herzen ...«

Sie senkte langsam den Kopf, ohne ihn anzusehen. Schließlich nahm sie ihre Schürze und schneuzte sich kräftig. »Es sind bloß ... die Nerven ... entschuldigens, Herr ... so ein junges Leben ... und alles schon vorbei ...«

Von einem entfernten Teil des Gebäudes erklang nun eine laute Stimme und ungeduldiges Klopfen. Sie sah auf, faßte sich und ging zur Tür. »Der Vater ... er ist recht krank ...«, sagte die Wirtin beim Hinausgehen.

Der Kaffee war kalt geworden.

– 12 –

Noch warf die Morgensonne flache Lichtbahnen über den Dorfplatz, auf dem bereits lebhaftes Treiben herrschte. Ein schweres, mit Baumstämmen beladenes und von zwei Ochsen gezogenes Gespann war, vom Oberland kommend, mit knirschenden Kufen auf den Dorfplatz eingebogen. Es fuhr langsam am Schulhaus vorbei, vor dessen Tor einige Kinder ihre Schier abschnallten, sie an die Mauer stellten und schnell ins Innere des Gebäudes eilten. Frauen liefen, noch mit Schulterdecken gegen die Morgenkälte geschützt, zwischen den Lebensmittelgeschäften umher, als ein moderner Personenwagen den Platz von Norden erreichte und ihn in einer kleinen Kehre nach Süden wieder verließ. Einige Männer hatten ihren Hut gegen das Wageninnere gehoben; die Insassen des Fahrzeugs waren jedoch hinter dichten Reifkristallen an den Seitenfenstern verborgen.

Wo das Krankenhaus war, hatte Kajetan sich von der Wirtin beschreiben lassen. Von neugierigen, respektvollen Blicken begleitet, überquerte er den Platz und betrat den Friedhof. Dessen rückwärtiges Tor führte auf einen kleinen Platz, an dem das Eingangsportal des Krankenhauses unschwer zu erkennen war. Daß die Aussegnungshalle eine direkte räumliche Verbindung zu dem Gebäude hatte, ließ ihn schmunzeln. Dann aber malte er sich aus, was er in wenigen Minuten sehen würde. Er wußte, daß ihm das, was ihn erwartete, noch nie leicht gefallen ist.

Eine Krankenschwester in Nonnentracht hatte ihm die Tür zum Sezierraum geöffnet. Das Zimmer war kahl, der Anstrich nicht mehr der jüngste, und der Boden war mit hellen Steinplatten bedeckt. An einer der Wände verlief eine längliche Anrichte, auf der allerlei medizinisches Gerät lag. Kajetans Blick fiel auf einen Mann mit Arztkittel, der vor einem der hohen Fenster stand und sich nun zu ihm umdrehte. »Kommen Sie herein, Herr Inspektor. Notsch mein Name. Habe die Ehre.«

Kajetan, der sich ebenfalls vorstellte, hatte für einen kurzen Moment das Gefühl, diesen Namen schon einmal gehört zu haben. Der Arzt wies seine ausgestreckte Hand freundlich zurück und ging zu einem Waschbecken. »Das muß nicht sein, Herr Inspektor ...« Er wies erklärend auf einen Tisch, auf dem der mit einem Laken bedeckte Körper eines Menschen lag. »Schwester, ich wäre dann soweit.«

Während sich die Nonne entfernte, zog Notsch seine Handschuhe aus und hielt seine Hände unter den Wasserstrahl. Kajetan ging einige Schritte zur Bahre. Nun kam der Arzt zu ihm, sah ihn kurz fragend an, und zog das Tuch zurück.

Sterbeschmerz hatte das Gesicht des Mädchens entstellt. Sein

Mund war leicht geöffnet, wulstig drängte die Zunge durch die Zahnreihen, und hinter halbgeöffneten Lidern war das stumpfe Weiß der Augäpfel zu sehen. An beiden Seiten des Kehlkopfes waren blutunterlaufene Flecken zu erkennen, und an der Rückseite des Halses, oberhalb des Nackens, verliefen längliche, verschorfte Hauteinrisse.
Natürlich war kein Scherz angebracht, schon gar nicht dieser.
»Die Leut sterben früh bei Euch, Herr Doktor.«
»Ich brings nicht um«, entgegnete der Arzt scharf.
»Nein, ich ...«
«Das tun die Leut schon selber, da brauchens mich nicht.«
Doch Notsch schien zu erkennen, daß dem Inspektor sein mißglückter Satz peinlich war, und er fuhr versöhnlicher fort:
»Glauben Sie mir, daß ich früher auch vom gesunden Landleben begeistert war. Seit ich hier bin, vergeht jedoch kaum eine Woche, wo ich in dieser vermeintlichen Erholungslandschaft nicht wieder einen zusammenflicken müßte. Der eine kommt unter die Baumstämme, der andere fällt vom Heuwagen, der dritte kriegt ein Scheit über den Kopf wegen irgendeiner Eifersuchtsgeschichte. Und nicht zu vergessen, was der Krieg hinterlassen hat an lahmen und versplitterten Gliedern ...«
Kajetan, der immer wieder das Gesicht des toten Mädchens betrachten mußte, räusperte sich. Auch der Doktor blickte wieder auf den Körper. »Nein ... aber das hier ...« Er zog das Tuch wieder hoch.
»Und ... der Befund?«
»Sie wollen es sicher auf deutsch hören?«
Der Inspektor nickte.
»... erwürgt. Einfach erwürgt. Hier ...«
Er hob das Tuch und wies auf die Würgemale.
»War sie noch ...?«
»Nichts. Die Kleine hat noch nie was Ernstliches mit einem Mann gehabt.«
»Und das hier?«
»Einrisse, die durch die Fingernägel des Mannes entstanden sind.«

»Ein Mann? Ist das schon sicher?«
Die Tür öffnete sich, und eine andere Schwester, eine breit und kräftig gebaute Frau, trat ein, ohne den beiden Männern einen Blick zuzuwerfen. Sie ging mit festem Schritt an eine der Anrichten.
»Ein Mann, ja, dessen bin ich mir sicher. Keine Frau hat soviel Kraft ...«
Die Nonne hatte resolut eine offensichtlich verklemmte Tür der schweren Anrichte krachend aufgerissen.
»... soviel Kraft, um ...«
Der Arzt schwieg für einige Sekunden und räusperte sich. Die Schwester hatte ein Leichenhemd genommen und begann nun, es der Toten überzustreifen. Notsch trat ans Fenster, Kajetan folgte ihm. Hinter dem Krankenhaus begannen bereits die Felder. In einiger Entfernung, nahe am dunklen Saum des Bergwaldes, standen einige Höfe auf einer Anhöhe. Ein schmaler Weg, der wie eine krakelige Tuschelinie den Hügel emporstieg, verlor sich auf gleißend weißer Fläche.
»Todeszeit – was meinen Sie?«
Notsch nahm die Brille ab und putzte sie an seinem Kittel ab.
»Ist schwierig.«
»Wieso?«
»Weil es eiskalt war in dem Zimmer, in dem sie gefunden wurde.«
»Und das bedeutet was?«
Wieder öffnete sich die Tür des Sezierraums, und eine andere Schwester rief aufgeregt: »Herr Doktor! Der Allingerin gehts schlechter!«
»Sofort! Kommen Sie, Herr Inspektor.«
Notsch wies den Inspektor mit einer Handbewegung zur Tür. Auf dem Flur ging der Arzt etwas schneller. »Das heißt, Herr Inspektor, daß unter diesen Umständen keine exakten Messungen mehr möglich sind.«
»Das müssen Sie mir genauer erklären.«
»Nun, maßgeblich ist – das muß ich Ihnen als Polizist ja nicht erklären – die Totenstarre. Demnach müßte das Mädchen

zwischen zwei und vier Uhr gestorben sein. Sie war nämlich bereits starr, als ich sie zum ersten Mal gesehen hab.«
»Und?«
»Sie war starr, jawohl – aber kältestarr. Verstehen Sie mich?«
»Wenn ein Arzt also nicht genau hinsieht ...«
»Oder nicht in Erfahrung bringen kann, wann und ob ein Fenster geöffnet oder geschlossen worden ist ...« ergänzte der Arzt, »dann ist seine Todeszeitbestimmung entweder falsch oder – was ebenso richtig sein kann – sie stimmt. Auf jeden Fall kann er es nicht mit Bestimmtheit sagen.« Der Arzt beschleunigte seine Schritte.
»Dann kann das Mädchen also sowohl bereits am Nachmittag als auch am Abend ermordet worden sein?«
»Sie sagen es. Das heißt vermutlich für Sie, daß Sie es nicht mit einem Mord im Affekt zu tun haben, nicht wahr?«
Etwas in der Stimme ds Arztes ließ Kajetan aufhorchen.
»Wenn es nicht Zufall, sondern Überlegung war, die Todeszeitbestimmung zu erschweren – dann ja.«
Der Arzt nickte. Er war nun an einer Tür angekommen und griff zur Klinke. »Ich muß jetzt zur Allingerin. Sie entschuldigen mich?«

– 13 –

Die Walchinger Gendarmeriestation bestand aus einem einzigen, etwa 30 Quadratmeter großen Raum, den man sogleich durch die Haustür betrat. Die Wände waren mit Leinöl gestrichen. Drei Fenster, größer als die der Dorfhäuser, erhellten den Raum und malten dort, wo das noch flache Licht des Tages auf den speckglatten Verputz fiel, bizarr verzogene Geometrie in das dunkle Wandgrün. Das Inventar bestand aus schlicht gezimmerten Wandschränken, einem Stuhl und einem Tisch. Die der Tür gegengesetzte Wand war gänzlich frei bis auf ein Portrait eines im Dienst umgekommenen Vorgängers des Wachtmeisters.

Unter der Fensterseite verlief eine Wandbank; auf der anderen Seite der Tür stand noch einmal ein großer Schrank, in einfacher Manier getäfelt und, wie auch das andere Mobiliar, mit dunklem, schon an vielen Stellen geplatztem Bierlack gebeizt.
Kajetan hatte sich einen der Stühle genommen und las, mit einer Hand auf den Schreibtisch gestützt, Mayrs Bericht. Der Wachtmeister stand. Daß der Bürgermeister, kaum daß Kajetan die Gendarmerie betreten hatte, ebenfalls eingetroffen war und wichtig Platz genommen hatte, störte den Inspektor.
»Mit der Rechtschreibung ham Sies nicht so, Herr Wachtmeister, gell?«
Mayr wurde rot.
»Gut«, Kajetan schlug die Mappe mit den handgeschriebenen Blättern zu, »in Ihrem Bericht steht, daß Sie um dreiviertel sieben«, Mayr nickte jeweils, »vom Bürgermeister benachrichtigt worden sind und mit ihm und einigen anderen Dorfbewohnern zum Hofe des Erber gefahren sind ...«
»Ich hab schnell eingespannt und ...«
»Erst der Wachtmeister, Herr Bürgermeister, bitte.«
Lindinger schluckte.
»... und dort etwa eine halbe Stunde später eingetroffen sind, wo Sie das Opfer in Augenschein genommen haben.«
»Jawohl, Herr Inspektor.«
»Wo und wie Sie die Leiche aufgefunden haben, steht allerdings nicht da. Das tät mich aber interessieren ...« Er sah zum Wachtmeister hoch. »... und reden Sie, wie Ihnen der Schnabel gewachsen ist. Ich versteh Ihnen schon.«
Mayr holte Luft. »Auf dem Bett in der Kammer, Herr Inspektor.«
»Gut. Weiter?«
»Das Bett war aufgeschlagen, aber Nachthemd hat sie keines angehabt.«
»Wär doch auch etwas früh am Abend gewesen, nicht wahr? War sie nackert?«
Der Wachtmeister verneinte, und auch der Bürgermeister schüttelte den Kopf. »Das Stallgewand hat sie angehabt, Herr Inspektor.«

»Wenn ich was sagen darf, Herr Inspektor«, mischte sich der Bürgermeister wieder ein und wartete nicht auf die Zustimmung des Inspektors, »das war schon komisch.«
»Was war komisch?« Der Inspektor hatte sich über die Schulter zu ihm gedreht.
»Daß sie das Stallgewand angehabt hat. Das Stallgewand«, erklärte Lindinger, »hat man bei der Stallarbeit an. Den Schurz aber zieht einer aus, wenn er ins Haus rübergeht.« Mayr nickte bestätigend.
»So? Und, Herr Wachtmeister«, er wandte sich wieder diesem zu, »was ist Ihnen noch aufgefallen?«
»Also, vor dem Haus, da ...«
»Bleiben wir erst noch im Haus drin. Die Fenster, waren sie geöffnet, geschlossen oder was? Steht alles nicht drin im Rapport.«
»Da ... da kann ich mich nicht mehr entsinnen.«
»Offen, Adam. Ich weiß es genau«, griff der Bürgermeister wieder ein.
»Nun, Herr Wachtmeister?«
Mayr zuckte hilflos mit den Schultern.
»Offen. Das hat auch der Doktor gesagt«, sagte Kajetan ungeduldig, »wo haben Sie Ihre Augen?«
»Die, die ganze Aufregung ...«
»Es war furchtbar.« Kajetan sah nicht zum Bürgermeister, sondern öffnete wieder die Kartonmappe. »Blaue Fleck am Hals ...«, las er laut, »Totenstarre bereits eingetreten ...«
»Jawohl, bereits einge ...«
»Wie hat sich der Bauer verhalten?«
»Der war ganz auseinander, der Erber.«
»Was hat er gesagt?«
»Nein. Er hat getränzt wie ein kleines Kind, auch die Bäuerin.«
»Und gar nichts gesagt? Auch im Zorn?«
»Nein ... nicht, daß ich mich entsinnen könnt.«
»Denkens nach. Sie auch, Herr Bürgermeister. Oft rutscht einem was raus in einer solchen Situation.«
Auch der Bürgermeister schüttelte bestimmt den Kopf. Doch

Mayr schien sich nun an etwas zu erinnern. »Hinterher schon, Herr Inspektor.«
»Dann raus damit.«
»Sie haben doch gemeint, wir sollen erst im Haus ...«
»Jetzt redens schon. Was hat der Erber gesagt?«
»Des werds mir büßen, hat er gesagt. Allerweil wieder.«
»'Des werds mir büßen'? Er hat in der Mehrzahl gesprochen?«
»Also ich hätt da nichts gehört dergleichen.« Der Bürgermeister hatte den Kopf geschüttelt.
»Doch, Thomas: 'Des werds mir büßen'.«
»Der Erber konnte aber doch noch gar nicht wissen, daß es mehrere Täter waren?«
»Das stimmt. Daß mehrere Fußspuren vom Haus rüber zur Lötzermahd gingen, hat er erst später gesehen.«
»Das ham Sie geschrieben ...« Kajetan las wieder im Bericht des Wachtmeisters, »... gut. Und weiter? Sie sind den Spuren nach, die zum Heustadel geführt haben.«
»Jawohl. Da drin sind sie geflackt. Sie waren arg besoffen und haben sich kaum gewehrt und dann ...« Der Wachtmeister suchte nach Worten. »... haben sie, eh, ein paar Schläg gekriegt von den Bauern. Aber das hab ich dann gleich unterbunden, gell, Thomas?«
»So war es, Adam, so und nicht anders.«
Kajetan schloß die Mappe endgültig und hob die Stimme.
»Gut. Dann schauen wir uns die Brüder doch einmal ganz genau an. Bringens uns doch bittschön die Vaganten einzeln rauf, Herr Wachtmeister.«
Mayr nahm kurz Haltung an und verließ den Raum.
Der Bürgermeister seufzte und sah zum Fenster. Die Sonne hatte an Kraft gewonnen; das zauberische Blumengewirr auf den Glasflächen war abgetaut und log einer wintermüden Fliege Sommerwärme vor. In ruhigem Gleichmaß schlug der Perpendikel der Wanduhr und mischte sich in das stumpfe Krachen verbrennender Holzscheite im Ofen.
»So eine Gaudi«, schüttelte Lindinger den Kopf, »grad jetzt ...«
Aus dem Flur war das Klirren der Schlüssel und Schritte zu

hören. Mayr öffnete die Tür und brachte den ersten Gefangenen.

Kajetan, der sich ein Blatt Papier und einen Stift genommen hatte, sah auf und erschrak. »Um Gotteswillen! Ein paar Schläg nur, haben Sie gesagt?«

Wieder überzog eine leichte Röte das Gesicht des Wachtmeisters. Der Gefangene sah, etwas nach vorne gebeugt, zu Boden. Eine Gesichtshälfte war blutunterlaufen. An der Schläfe hatte sich eine dunkle Kruste getrockneten Blutes gebildet. Ein erdiger Gestank ging von ihm aus; seine Kleidung war schmutzig und an einigen Stellen eingerissen. Die schwarzen, bereits von Grau durchwirkten Haare standen wirr in die Höhe.

»Setz dich.« Kajetan wies auf einen Stuhl. Mayr ließ den Mann nicht aus den Augen, als dieser langsam Platz nahm.

»Name? Und von wo gebürtig?«

Der Mann öffnete den Mund, schloß ihn wieder und schob die Unterlippe hoch. Dann antwortete er mit erschöpfter Stimme.

»Pizzini Johannes. Von Oberndorf.«

»Von wo sonst ...«

»Ich möcht Ihnen bitten, Herr Bürgermeister, daß Sie jetzt nicht mehr unterbrechen.«

Der Bürgermeister schluckte überrascht und zog die Augenbrauen hoch. Kajetan fuhr schnell fort: »Von Beruf ist er was?«

»Schiffmann.«

»Was tut er da?«

»Im Sommer«, antwortete der Mann mühsam und beugte sich tiefer zu Boden, »da ziehn wir die Plätten übern Fluß.«

»Und im Winter?«

»Da ... gehn wir auf die Reis. Als Spielleut. Machen Klöpflgäng ...«

»Fällt Euch nichts besseres ein? Habts keine andere Arbeit? Keine Familie, der Ihr abgeht, wenns so lang rumstreunts?«

Der Gefangene hob den Blick. Kajetan fuhr hastig fort. »Freilich«, predigte er, »wenns an der Arbeitsamkeit fehlt, dann wär ein Weibsbild ja dumm, sich mit Euresgleichen einzulassen.«

»Wies meinen ...«

»Herr Inspektor!« sagte der Wachtmeister in scharfem Ton und gab dem Mann einen Stoß. »... Herr Inspektor ...« wiederholte dieser eingeschüchtert. Kajetan wehrte ungeduldig ab.
»Pizzini, jetzt erzählt er mir mal, warum Ihr in das Haus rein seid – daß Ihr im Haus gewesen seid, wird ja nicht geleugnet, nicht wahr?«
Der Mann atmete in kurzen Stößen. »... Wir haben halt so einen Hunger gehabt.«
»Aber Ihr kriegt doch von den Bauern allerweil was zum Essen, wenns auf Reis seids?«
»Früher, ja ... aber heutzutag werden wir meistens weitergejagt.«
»Warum das?«
»Die Leut halten nimmer auf die alten Bräuch.«
Der Bürgermeister lachte verächtlich auf und schwieg sofort, als er Kajetans Blick wahrnahm.
»War die Haustür offen?«
Der Gefangene nickte.
»Ja? Ist uns das Maul zugewachsen?«
»War offen, ja ...«
»Gut. Ihr seids rein – und wie ists dann weitergegangen?«
»Wir ... sind halt rein, und wie wir gespannt haben, daß niemand daheim ist, sind wir in die Speis.«
»Hat Euch das nicht gewundert, daß niemand daheim war?«
»Schon ...«, der Mann hob leicht die Schultern, »... aber wir haben uns nichts gedacht. Wir haben ja so einen Hunger gehabt.«
»Das hast schon gesagt. Gut. Und dann, wie Ihr dem Bauern sein Geselchtes verdrückt habt, da ... was?«
Der Gefangene sah überrascht auf. »Geselchtes haben wir keines nicht gefunden.«
»Oder was auch immer Ihr in der Speis gefunden habt ...«
»Wo ist es denn gewesen?«
»Was?«
»Das Geselchte?«
»Herrgottnochmal, laß mich doch zufrieden mit Deinem

Geselchten. Was weiß ich, wo der Bauer sein Geselchtes hat, vielleicht hat er gar keins gehabt? Also ... wie Ihr grad beim Schmaus wart, ist die Tür aufgegangen und die Dirn hat Euch dabei erwischt ...«

Wieder sah Pizzini hoch. Er versuchte etwas zu entgegnen, doch der Inspektor war nun in Fahrt gekommen. Seine Stimme hatte an Lautstärke zugenommen. »... und sie hat geschrien und Euch angedroht, daß sie Euch anzeigt und ...«

»Na ...«

Kajetan beugte sich vor und schrie dem Mann ins Gesicht. Erschrocken weiteten sich dessen Augen; sein Atem ging schnell und laut, seine Hände zitterten, und in leichten Konvulsionen bewegten sich die Beine. »... und dann hat sie einer von Euch, oder alle drei miteinander, dazu gebracht, daß sie den Mund hält. Für immer!«

Pizzini wollte aufspringen, doch Mayrs harter Griff drückte ihn auf den Stuhl zurück. »Nein!!« schrie der Spielmann empört. Kajetan, dessen Mund nur noch wenige Zentimeter von dem Gesicht Pizzinis entfernt war, schrie weiter: »Wer von Euch wars? Raus damit! Du! Du warst es! Gibs zu! Ein jeder siehts dir an, wiesd dich windest und drehst! Dabei springts dir raus aus deim Gesicht, das schlechte Gewissen und daß dich die schlechte Tat wie ein Felsbrocken drückt ...«

Pizzini bebte vor Empörung und wachsender Angst. Dann sank er zusammen und überließ sich einem verzweifelten Schluchzen. Sein Mund öffnete und schloß sich wieder und formte tonlos Wörter.

»Waas? Pizzini?!!«

Kajetan beugte sich herab und hielt sein Ohr an den Mund des Gefangenen. Speichelfäden platzten. Ein plötzliches, heftiges Würgen überfiel den Spielmann, hart krümmte sich sein Körper aus dem Griff des Wachtmeisters zu Boden. Dünne Essensbrocken in trüber, glasiger Flüssigkeit platschten auf den hölzernen Boden. Kajetan fuhr zurück.

»Wachtmeister ...«

»Ja ...?« Mayr hatte Pizzini hochziehen wollen.

»Lassens ihn.«
Pizzini lag auf den Knien und stützte sich auf die Hände. Die würgenden Attacken ließen langsam nach. Der Inspektor richtete sich auf; auch der Bürgermeister löste sich aus seiner Erstarrung und verzog verächtlich den Mund. »Drecksau, elendige«, sagte er leise.
»Wachtmeister, wir kommen so nicht weiter. Bringens den Pizzini zurück. Ich will erst einmal die ganze Bagage sehen. Holens den nächsten, bitte.«
»Zu Befehl.«
Mayr packte den gebrochenen Mann, der sich den Schleim von Mund und Bart wischen wollte, zog ihn mit festem Griff hoch und führte ihn aus dem Raum.
»Direkt ekelhaft, nicht wahr, Herr Inspektor? Wenns um den eigenen Hals geht, wird gejammert. Aber vorher gibts kein Erbarmen nicht mit so einem jungen Menschen ...«
Kajetan antwortete nichts darauf. Er ging langsam an das Fenster, öffnete es und holte tief Luft. »Das ist doch alleweil so, Herr Bürgermeister. Ich kenns nicht anders.«
Der Bürgermeister schüttelte langsam den Kopf. »Nein, nein, nein. Daß des grad jetzt geschehen muß ...«
»Meinens, im Sommer gefällt einem das Sterben eher?«
»Schon, da hams recht. Aber grad so eine Gaudi. Früher hats so etwas nicht gegeben, nicht, daß ich mich jetzt entsinnen könnt ...«
»Meinen Sie?«
»Vor dem Krieg, da war das anders, glaubens mir.«
»Ich weiß nicht recht.«
Der Bürgermeister ignorierte Kajetans Zweifel und redete weiter.
»Die Klöpfl-Leut, die Berschtn, und all das. Es ist ein uralter Brauch bei uns da drinnen. Die Sänger haben wunderbare Stimmen gehabt, und die Bauern haben gern gegeben. Aber seit dem Krieg ... ist, scheints, alles anders geworden. Die neue Zeit, heißts ... Man kennts sich manchmal gar nimmer aus. Den König jagens weiter«, er sah den Inspektor an, als müsse dieser

die Empörung über diese Ungeheuerlichkeit teilen, »der Bauer gilt rein gar nichts mehr. Heutzutag kommen bloß noch die Hungerleider von Oberndorf rüber, weils keine Arbeit mehr haben, seits dort die Eisenbahn gebaut haben. Singen könnens auch nicht, daherkommen tuns wie die Bettler ...«

»Sinds ja auch.«

»Gewiß ... Die Gant steht über jedem zweiten Hof. Der Jud bringt die Leut ums Geld ...«

»Dabei habts Ihr doch gar nicht soviel gespürt vom Krieg da herinnen? Ich mein: Verhungert, wie in der Stadt drin, ist doch keiner von den Bauern?«

Eine leise Verächtlichkeit klang aus dem Geräusch, als der Bürgermeister Luft aus der Nase stieß. »Die Städter kommen zu uns her, sehen die großen Höfe, sehen das Vieh, die Felder ... aber was an Steuern draufgeht, sehens nicht. Und wer in den Gemeindehäusern mehr stirbt als lebt, weil die Gemeinde die Armen nicht mehr unterhalten kann, sieht keiner. Und, daß Sie nicht meinen: Fast auf jedem Hof hats einen oder zwei gegeben, die nicht mehr heimgekommen sind vom Feld. Junge Leut, die den Hof hätten übernehmen sollen, die oft schon verheiratet gewesen sind, Kinder gehabt haben. Was meinens, was das für eine Gaudi war beim Postwirt. Zwei Söhne! Gefallen! Jetzt ist es nur noch der Alte, der auch schon gar hinfällig ist, und die Schwiegertochter schmeißt alles ganz allein. Sie weiß bis heut nicht, ob ihr Mann noch irgendwo am Leben ist.«

»Vermißt?«

Der Bürgermeister nickte. »So heißt es. Freilich lebt er nicht mehr. Aber sie will es nicht glauben. Sie bildet sich ein, daß er in irgendeinem Lazarett vegetiert und nichts mehr weiß ...«

Kajetan, der lange auf die blendende Fläche des Dorfplatzes gesehen hatte, wandte sich nun wieder um. Langsam gewöhnten sich seine Augen an die Dunkelheit. Es stank. Er nahm eine alte Zeitung und wischte das Erbrochene mit schnellen Bewegungen weg, als wieder Mayrs Schritte zu hören waren. Auch bei diesem Gefangenen, einem hageren, schnurrbärtigen Mann,

waren die Spuren der Mißhandlung noch deutlich zu sehen. Schwarzes, von einigen weißen Strähnen durchsetztes Haar hing ihm über die Stirn. Die Tränensäcke waren angeschwollen, die Augäpfel rot gerändert. Mayr, dessen Atem schwer ging, hatte ihm die Hände auf dem Rücken gefesselt und hielt das Ende der Kette in der Hand.
»Wozu die Ketten, Herr Wachtmeister?«
»Weil das der Verreckteste von allen ist. Der wollt mich unten schon anspringen«, antwortete Mayr schwer atmend.
Kajetan wies zum Stuhl. Der Wachtmeister stieß den Gefangenen nach vorne und drückte ihn auf den Sitz. Der Mann wehrte sich kaum dagegen, doch sah er, anders als Pizzini, Kajetan direkt ins Gesicht.
»Name, und von wo gebürtig?«
Die Stimme des Mannes klang ruhig. »List Mauritz, von Oberndorf.«
»Ist Schiffmann im Sommer und geht im Winter auf Bettelreis.«
List nickte, ohne den Blick von Kajetan zu nehmen.
»Er scheint auch noch stolz drauf zu sein?«
Der Gefangene hob die Augenbrauen. »Es schaut halt ein jeder, wie ers zu was bringt.«
»List«, sagte Kajetan und machte eine ärgerliche Handbewegung, »ich komm gleich zur Sach. Der Pizzini hat bereits zugegeben, daß Ihr am Sonntag nachmittag beim Erber eingedrungen seid und dort die Speis ausgeräumt habt ...«
List nickte langsam.
»Und dann hat einer von Euch, oder alle miteinander, die dort anwesende Dirn umgebracht«, Kajetan hatte im gleichen, fast unbeteiligten Tonfall gesprochen, »erschlagen. Mit einem Holzscheit.«
»Nein.« List verzog keine Miene.
»Was nein? Mit einem Schürhakl?«
»Nein. Nicht mit dem Schürhakl ...«
Kajetan hielt die Luft an. List fuhr fort: »Mit gar nichts. Wir haben sie nicht umgebracht. Wir haben gar keine Dirn nicht gesehen.«

Mayr gab Kajetan ein Zeichen. »Herr Inspektor ...!«
»Ja?«
»Erwürgt, Herr Insp ...«
Kajetan winkte ab. »Schon recht, Wachtmeister. Ich weiß schon, was ich frag. Ach ...!«
In Lists Augen lag Spott.
»... der List ist ein ganz Schlauer«, bemerkte der Inspektor scharf, »dann erzählt er mir jetzt einmal, wie er meint, daß es gewesen ist. Wahrscheinlich hören wir jetzt, daß sie sich selber abgekragelt hat.«
Der Bürgermeister lachte auf, schwieg aber sofort wieder. List versuchte, sich gerade zu setzen.
«Gehns, Wachtmeister«, wandte sich Kajetan an Mayr, »nehmens ihm doch die Ketten ab. Das brauchts doch wirklich nicht. Diesem Krischperl werden wir doch Herr werden.«
Mayr zögerte. »Er wollt mich unten schon anspringen!«
»Das wird er sich aber da nicht trauen. Machens die Ketten los.«
Mayr zögerte. Dann begann er, am Fesselschloß zu hantieren. Es sprang auf. Schnell zog List seine Hände nach vorne, schnellte in tierhafter Geschwindigkeit hoch und wollte zur Tür rennen. Mayr sprang ihm nach, erwischte ihn am Mantelkragen und schleuderte ihn zu Boden. Auch Kajetan war mit einigen Schritten bei ihm. Mit ungeheurer Kraft riß List an den Griffen der beiden Männer, bis nun auch der Bürgermeister aufsprang und den Tobenden an den Beinen packte. List lag eine Sekunde still, zog dann blitzschnell eine Hand hoch und krallte sich in Kajetans Haar. Kajetan spürte, wie harte Nägel sich in seine Kopfhaut stachen. Er holte aus und schlug List mit äußerster Wucht ins Gesicht, bis sich der schmerzhafte Griff lockerte. Mayr hatte bereits wieder einen Arm geschlossen und zog das zweite Handgelenk in die Fessel. Lists Brustkorb hob und senkte sich heftig. Seine Augen waren geschlossen. Mayr zerrte ihn wieder zum Stuhl. Noch immer hatte List seine Augenlider fest zusammengepreßt. Seine Backenknochen mahlten heftig; seine Lippen waren nur noch ein blutloser Strich.

Kajetan hatte sich wieder auf seinen Stuhl fallen lassen und ordnete sein Haar mit den Händen. Mayr vermied es, ihn triumphierend anzusehen.
»Nächstesmal hör ich auf Sie, Herr Wachtmeister.«
»Jawohl, Herr Inspektor.«
»Nun ... List? Wie man sieht, bist du die Friedlichkeit in Person. Zorn und Gewalttat sind dir völlig fremd. Jetzt sind wir gespannt, wie du dich da rausredest.«
List bewegte sich noch immer nicht. In harten Zeichnungen fiel das Sonnenlicht in den Raum.
»Uns pressierts nicht, List.«
Nun öffnete der Gefangene seine Augen. Seine Stimme klang jetzt leiser. »Wir haben sie nicht umgebracht.«
»Wenn ich sag: uns pressierts nicht, dann heißt das nicht ...«
List hörte nicht, sondern unterbrach ihn. »Freilich sind wir in die Speis rein. Wir haben halt einen Mordshunger gehabt. Von den paar Kücheln wirst ned satt.«
»Und dabei hat Euch die Dirn überrascht.« Kajetan atmete hörbar aus. Eine wachsende Ungeduld klang aus seiner Stimme. List schien sich jedoch nicht davon beeindrucken zu lassen. »Nein.«
»Sie hat Euch alles freiwillig gegeben.«
»Nein. Da war kei ...«
Kajetan war aufgesprungen und brüllte List unvermittelt an. »List! Du lügst, wennsts Maul aufmachst!«
Der Gefangene wich zurück. Mayr verstärkte den Griff auf die Schulter des Mannes.
»Nein! Nein! Und dreimal: Nein!« bebte List,« wir haben keine Dirn nicht gesehen und keine Dirn nicht umgebracht!«
»Aber auf dem Hof seids gewesen! Zur selben Zeit, wie das Mädl umgebracht worden ist!! Eure Fußspuren sind direkt vom Haus zu Eurer Liegstatt gegangen!!« Kajetans Stimme war immer unkontrollierter geworden. Mayr griff nun mit beiden Händen zu. Die Schuhe des Mannes scharrten wild auf dem Boden.
»Für Euch wamperte Bauern und breitarschige Gendarm sind

wir vielleicht der letzte Dreck«, schrie List in unbändigem Zorn, »aber keiner von uns bringt wen um ...«
Der Bürgermeister war mit einem Satz aufgestanden und hatte List klatschend ins Gesicht geschlagen. »Du ... du Hundskrüppel, du!« preßte er schweratmend hervor.
Kajetan war außer sich. Er packte den Lindinger und riß ihn zur Seite. »Weg!! Himmelherrgottsakrament! Bin ich hier im Irrenhaus? Was fällt Ihnen ein, Herr Bürgermeister? Mayr!«
»Ja ... jawohl?«
»Abführen. Der Kerl ist völlig verstockt. Aber das wird ihm nichts nutzen.« Kajetan holte Luft und versuchte sich zu beruhigen. »Den nächsten. Und Sie, Herr Bürgermeister, lassen uns jetzt am besten allein. Verstehens mich?«
Lindinger beherrschte sich, nahm seinen Hut und sagte mit gleichmütiger Stimme, deren Erregung jedoch noch zu fühlen war: »Ist ja auch nicht meine Sach. Sie werdens dann schon richten ...« Er wandte sich zur Tür. List, den Mayr schon zum Ausgang gebracht hatte, drehte sich nun noch einmal um. Er grinste plötzlich.
»Ihr brauchts einen, gell?«
Kajetan riß den Mund auf.
»Und wir kommen Euch grad recht. Dann gibts ein paar Bettelleut weniger, mit denen die anständigen Leut was teilen müßten ...«
»Raus!!«
List lachte, als Mayr ihn fest in das Dunkel des Ganges riß. Wortlos verließ nun auch der Bürgermeister den Raum. Gedämpft waren die Schritte der beiden Männer auf den Kellerstufen und das Geklirr der Ketten zu hören. Dann herrschte völlige Stille. Kajetan eilte zu seinem Stuhl, überflog die wenigen Notizen seines Heftes, schob sie verärgert zurück, stand auf, ging zum Fenster, öffnete und schloß es, ging wieder in die Mitte des Raumes.

– 14 –

Mit teilnahmslosen Augen im schmutzverschmierten Gesicht stierte der Gefangene zu Boden. Mayr hatte ihm keine Ketten angelegt. Widerstandslos hatte er sich nach oben führen lassen.
»Hörst du nicht? Name? Wo geboren?«
Der Mann regte sich nicht. Kajetan sah erstaunt zum Wachtmeister. Dieser zuckte die Schultern und schien auf eine Anweisung zu warten, daß er, wie auch immer, den Mann zur Räson zu bringen hätte. Der Inspektor erhob sich und ging zu dem Mann, der zusammengesunken auf dem Stuhl saß.
»Ich hab gefragt: Name? Wo geboren?«
Mayr stieß ihn heftig an. »Du sollst deinen Namen dem Herrn Inspektor sagen! Hundsfott!«
Kajetan sah aufmerksam in das bewegungslose Gesicht des Gefangenen. »Hört der nicht?« wandte er sich zweifelnd zum Wachtmeister, der ratlos die Schultern hob.
»Meinst du vielleicht«, sprach er wieder zu dem Sitzenden und griff an dessen Schulter, »das hilft? Wir kriegens ja doch raus. Wirst dich wundern, wie schnell das geht.«
Kajetan richtete sich wieder auf und ging mit langsamen Schritten hinter ihn. Der Mann bewegte sich nicht. Der Inspektor ging weiter, verfolgt von den erstaunten Blicken des Wachtmeisters. Kajetan war nun bei der Eingangstür angekommen, stand einige Sekunden still und ging mit gleichmäßigen Schritten zurück. Wieder blieb er für eine kurze Weile hinter dem Gefangenen stehen und entfernte sich in der gleichen Weise, um es bald danach zu wiederholen. Dann trat er wieder hinter den Rücken des Mannes. Im selben Moment krachte mit ohrenbetäubendem Laut ein metallener Aschenbecher zu Boden.
Mayr, der seinen Blick in diesem Moment bei dem Gefangenen hatte, zuckte heftig zusammen. Der Gefangene hatte jedoch nicht reagiert. Kajetan ließ ratlos die Hände sinken, hob den Becher vom Boden auf, stellte ihn auf den Tisch und beugte sich erneut zu dem Gefangenen, dessen Blick durch ihn hin-

durchzugehen schien. Ein eigenartiger Mantel, dachte Kajetan kurz. Enttäuscht nahm er auf seinem Stuhl Platz.
»Tja, Wachtmeister ... die Streckbank gibts ja heut leider nicht mehr ... Was ist?«
Mayr hatte ihm ein Zeichen gegeben, holte tief Luft und brüllte:
»Ruki wwerch!!«
Die Hände des Gefangenen! Sie zuckten, und im Gesicht des Mannes schien für den Bruchteil einer Sekunde ein Blitz auf. Mayr richtete sich stolz auf.
»Ein Russ', Herr Inspektor!«
Kajetan sah ungläubig zu Mayr und dann zu dem Gefangenen, bis sich das Gefühl ordnete, das der ungewöhnliche Kragenschnitt bei ihm ausgelöst hatte: Der Mann trug einen Mantel der russischen Armee. Er hatte diese Mäntel gesehen, als auf die russischen Kriegsgefangenen, die sich der Eisner-Revolution angeschlossen hatten, Treibjagd gemacht wurde und von denen nach Tagen das Gerücht durchsickerte, sie wären in einer Kiesgrube im Norden Münchens erschossen worden.
»Ein Russ', Wachtmeister?«
Mayr nickte stolz.
»Ich glaub, Sie haben recht. Aber woher können Sie russisch, Wachtmeister?«
Mayr lächelte geschmeichelt. »Viel mehr kann ich gar nicht. Was einer halt so können muß, im Ausland, gell.«
»Was wars denn, was Sie geschrien haben?«
»Hände hoch! Herr Inspektor.«
Kajetan nickte fahrig. Er hatte seine Augen nicht vom Gesicht des Gefangenen gelassen. Nun waren dessen Augen erwacht ...

Doktor Notsch hatte lange mit dem Mann in russischer Sprache gesprochen. Der Gefangene schien ihm zu vertrauen. Leise und zögernd, doch ausführlich antwortete er auf die Fragen des Doktors.
Schließlich lehnte sich Notsch zurück. »Wie Sie vermutet haben, Herr Inspektor. Er stammt aus der Nähe von Charkow und ist bei Slobowka Lesna in Gefangenschaft geraten. Im November '18 ist er mit vielen seiner Kameraden befreit worden, ist in der Gefangenschaft schwer erkrankt und konnte zunächst nicht in seine Heimat zurück. Bis er schließlich mit fünfzig Kameraden im Mai '19 in Haft genommen worden ist. Er hat sich dann – wie, hat er nicht gesagt, vermutlich wollte er niemanden belasten – retten können. Alle anderen sind jedoch in einer Kiesgrube erschossen worden ... Und er sagt auch, daß auf dem Hof kein Mensch gewesen sei. Nikogo, towarischtsch?« Mit diesen Worten hatte Notsch sich wieder an den Gefangenen gewandt.
Dieser schüttelte müde den Kopf. »Nikogo. Njet.«
»Und er hat gesagt, daß sie nur etwas zu essen und zu trinken genommen hätten und dann weggerannt seien.«
Kajetan nickte. »Ist ihm zu glauben?«
»Ja.«
»Was macht Sie so sicher, Herr Doktor?«
»Das weiß ich selber nicht, Herr Inspektor.« Notsch richtete sich wieder auf und sah Kajetan ins Gesicht. »Als Arzt kriegt man so ein Gespür ... Aber fragen Sie mich nicht, was das für eines ist. Vielleicht kommt es daher, daß man oft Menschen in Situationen erlebt, wo das Lügen keinen Sinn mehr macht ... Wars das dann, Herr Inspektor?«
Kajetan nickte. »Ja ... Mayr, bringens den Mann wieder nach unten. Und den Pizzini hoch.«
Der Wachtmeister tat, wie ihm geheißen. Der Doktor, der sich mit eigenartiger Umständlichkeit den Mantel angezogen hatte, war an der Tür stehengeblieben und ließ die beiden Männer

vorbei, wobei er den Gefangenen kurz berührte. Als beide im Dunkel des Ganges verschwunden waren, ergriff er die Türklinke. »Herr Inspektor«, sagte er vorsichtig.
»Herr Doktor?«
»Ich glaube nicht, daß Sie die Richtigen gefangen halten.«
»So?«
»Ich weiß es wiederum nicht. Ich bin mir aber sicher.«
»Glauben hat keinen Nutzen.«
»Sagens das nicht zu laut.« Notsch lächelte fein.
»Irgendeinen Anlaß werden Sie doch haben – außer Ihrem starken Glauben?«
»Ich glaub an nichts mehr, Herr Inspektor. Und das Träumen ist auch nicht mehr meine Sach«, schüttelte er den Kopf und fügte hinzu: »Redens einmal mit dem alten Luk.« Er öffnete die Tür.
»Dem Verrückten?«
»Wer ist nicht verrückt, auf seine Weise? Luk ist es, ohne Zweifel, aber er ist anders verrückt. Er wohnt in der Sägemühle am Großwald. Reden Sie mit ihm. Guten Tag, Herr Inspektor.« Er ging hinaus und gab dem Bürgermeister die Klinke in die Hand.
Die Neugier stand Lindinger ins Gesicht geschrieben. »Ich hab den Doktor hergehen sehen. Was ist denn passiert? Und entschuldigens wegen vorhin, Herr Inspektor. Sich von so einem Grattler beschimpfen zu lassen, hab ich nicht aushalten können ...«
Kajetan winkte ab. »Schon recht, Herr Bürgermeister. Was los war? Der Doktor hat uns was vom Russischen übersetzen müssen.«
»Vom Russischen?«
»Sie sagen es.«
Der Bürgermeister setzte sich auf den Stuhl. »Jetzt wirds Tag! Das sind doch keine ... Russen?«
»Einer von Ihnen ist Russe. Ein früherer Kriegsgefangener.«
»Aber ... die habens doch seinerzeit alle ...« Er sprach nicht weiter. Der Inspektor nickte ernst.

»Einer ist ihnen scheints ausgekommen.«
Der Bürgermeister schien es immer noch nicht glauben zu wollen. Er schüttelte den Kopf. »Jetzt wirds Tag«, wiederholte er, »jetzt sind die Bolschewiken schon bei uns herunten ...«
Kajetan hörte nicht zu. Er hatte beschlossen, eine uralte Methode anzuwenden; es würde keine sonderlich schöne Methode sein, doch Pizzini würde darauf hereinfallen. Er war das schwächste Glied der Kette.
Wieder öffnete sich die Tür zum Gang. Kajetan ging hinter den Schreibtisch und setzte sich, während der Wachtmeister den Gefangenen wieder auf den Verhörstuhl führte. Der Inspektor sah kalt auf.
»So, Pizzini! Jetzt hätten wir Deine Freunderl auch ausgefragt. Und dabei ist uns so einiges recht komisch vorgekommen.« Kajetan sprach jetzt mit lauter, befehlender Stimme.
»Wie ... wie meinens des?«
»Herr Inspektor ...!«, bellte der Wachtmeister wieder. Pizzini sah ihn erschrocken an und fügte dann ein verschüchtertes »Herr Inspektor« hinzu.
»Ich meins, wie ichs sag! Ich sag Dir auch noch, daß meine Geduld nimmer lang anhält. Also nochmal: Es ist Sonntag um, sagen wir mal, halb fünf. Du und deine Freunderl dringen – verbotenerweise! Das allein gibt schon eine saubere Straf! – in den Hof vom Erber ein. Das gibst du zu. Ja?«
»Ja ... ja.«
»Und jetzt erzähl weiter, Pizzini.«
»... Wie ichs schon gesagt hab.«
»Ich wills aber nochmal hören.«
»... Wir haben gefragt: Ist niemand daheim? Und dann sind wir in die Speis ...«
»Alle gleichzeitig?«
»Ja ... ja.«
»Weiter?«
»Nichts. Wir haben uns was zum Essen genommen und ...«
»Wart Ihr die ganze Zeit zu dritt in der Speis?«
Pizzini stockte. Kajetan bemerkte es.

»Ich hab dich was gefragt, Pizzini!«
»Ja ... ja. Ich denk schon, ja.«
»Die anderen sagen aber«, setzte Kajetan sofort nach, und seine Stimme war um Grade schärfer geworden, »daß du einmal allein rausgegangen bist aus der Speis!«
Pizzini sah überrascht zu Kajetan, dann zum Wachtmeister und zum Bürgermeister, der angespannt auf seinem Stuhl zugehört hatte. Dann wuchs eine entsetzliche Ahnung in seinen Augen.
»Das ... das ist ja nicht wahr!« rief er nun, »das ist eine Lüg! Der Russ' kann ja gar nichts gesagt haben, der kann ja gar nicht ...«
»Da hast Pech gehabt, Pizzini. Der Wachtmeister Mayr spricht perfekt russisch! Also!? Du bist allein rausgegangen? Wohin?«
Pizzini sah nicht, wie Mayr das Lob seiner Sprachkenntnisse bescheiden abzuwehren versuchte. Ratlos flogen seine Blicke im Raum herum, stotternd suchte er nach Worten.
»Ihr ... Ihr wollts mich ... reinlegen ...«
Kajetan erhob sich mit einer heftigen Bewegung, ging um den Tisch herum und packte Pizzini an den Schultern. »Manderl!«, schrie er in den entsetzten Blick des Mannes, »weißt du eigentlich, was dir blüht? Weißt, wie das ist, wenn einer zum Richtplatz kommt und einem der Pfarrer die letzte Beicht abnimmt? Und wie dann, wenns unters Messer geschoben werden, sogar die hartgesottensten Bazi nach ihrer Mama schreien und in die Hosen bisln? Und weißt du, was du für ein Volldepp bist, wenn du«, Kajetan schüttelte ihn heftig, »wenn du die anderen deckst, die dich ans Messer liefern wollen? Der Pizzini ist allein raus! haben sie gesagt. Alle zwei! Ich habs auf deutsch, und ich habs auf russisch!!«
Ein heftiges Zittern hatte Pizzini ergriffen. Hohe, unverständliche Laute drangen aus seinem Mund und gingen in ein lautes Schluchzen über. Kajetan lockerte seinen festen Griff und nahm eine Hand zurück. Er fiel in einen ruhigen, verständnisvollen Ton.
»Schau her, Pizzini ...« Der Gefangene schluchzte lauter. »Schau her, Pizzini, ich glaubs denen eh nicht. Du bist ja im Grund ein anständiger Lapp ...«

Das Weinen des Mannes ging in ein gequältes Wimmern über.
»... ein anständiger Lapp, der in Not gekommen ist, und der dafür nichts kann.«
Wieder weinte Pizzini hemmungslos. Dann suchte er nach Worten. »Ich ... kann ja nichts dafür. Vergant habens mich ...«
»Vergant hams dich, ja, Pizzini.«
Behutsam wiederholte Kajetan dessen Worte. »Ich versteh dich gut ... Schau, Pizzini«, nahm er ihn wieder an beiden Schultern, »keiner erfährts, wenn du uns sagst, wers gewesen ist. Es kann nur einer gewesen sein, hat der Doktor festgestellt. Und die unschuldig sind, kommen bald wieder heim. Schau her, Pizzini«, Kajetan suchte die abgewandten und verweinten Augen des verzweifelten Mannes, »schau her, ich werd persönlich mit dem Richter reden, daß er dir bloß eine niedrige Straf gibt. Werd ihm sagen, dem Richter, daß du uns am meisten geholfen hast, und daß sowas belohnt gehört, und daß man einen braven Mann, der halt einmal ausgerutscht ist, nicht gleich so ganz hart ...«
Nun stieß es ruckartig aus Pizzinis Mund. »Der Mauritz wars ... der hat ... es getan ...« Mayr und der Bürgermeister hielten den Atem an und sahen zu Kajetan.
»Sie hat Euch erwischt, gell, Pizzini?«
»Und ...«
»Und da ist der Mauritz zu ihr hin ...?«
»Ja ... ist raus ... und hats gepackt ...«
»Am Hals gepackt?«
»Weils ... gleich still war ... und ...«
»Der Mauritz ist raus und hat sie am Hals gepackt, Pizzini?«
»Ja ... aber wir ... haben nicht ... genau gesehen ... wie ...«
»Aber der List Mauritz hat es getan?«
»... Ist raus ... und ...«
Pizzini konnte nun nicht mehr sprechen. Er war völlig gebrochen und zitterte erbärmlich an allen Gliedern. Kajetan nahm seine Hände von ihm, ging wieder zu seinem Sitz und blickte kühl auf den Weinenden.
»Wachtmeister, das langt mir fürs erste. Bringens ihn retour.«

»Zu Befehl.«
Mayr zog den Gefangenen von seinem Stuhl und mußte ihn beim Gehen stützen. Sie standen bereits im Türrahmen, als Kajetan sie, einer plötzlichen Eingebung folgend, zurückrief.
»Halt! Pizzini – kannst du dich noch erinnern, wie sie angezogen war?«
Der Angesprochene wandte sich langsam um, ohne zum Inspektor zu sehen. Er schüttelte den Kopf.
»Irgendwas wirst du doch gesehen haben? Einen Rock, ein Kopftuch?«
»Wenns doch so finster gewesen ist ...«
»Aber daß sie einen Rock angehabt hat, das hast du doch gesehen?«
»... einen Rock, jawohl ... und ein Kopftuch, ja ...« Pizzini wollte sich wieder zur Tür drehen.
»Bleib noch, Pizzini! Und daß sie auch helle, lange Haar gehabt hat, hast du doch auch gesehen? Sowas leuchtet doch im Finstern? Helle, lange Haar, Pizzini?«
»Ja ... lange Haar ... helle Haar ...«
»Helle Haar wie ein Engel?«
»... Engel ... ja ...«
»Gut. Abführen.«
Mayr schien etwas sagen zu wollen, führte aber schließlich doch den Gefangenen nach unten. Der Inspektor saß unbewegt und blickte starr geradeaus.
Nun kam Bewegung in den Bürgermeister. Er stand auf und kam näher. »Meinen Respekt, Herr Inspektor!« sagte er anerkennend. Kajetan antwortete nicht.
»Das hätten wir dann auch«, fügte Lindinger nach kurzem Erstaunen hinzu und ging einen Schritt zur Tür, »bin ich froh, daß wir die Bagage bald los sind. Soll ich wegen dem Transport in Dornstein anrufen, Herr Insp ...«
»Nein!!«
»Aber ich müßt eh ...«
»Nein, hab ich gesagt! Können Sie nicht hören?« Kajetan schrie in plötzlichem Zorn. Er sah den Bürgermeister wütend an,

sprang hoch, lief zum Wandhaken, riß seinen Mantel herab und drängte Lindinger zur Seite.
»Jetzt«, fauchte er, »brauch ich erst einmal frische Luft. Saubere Luft, Herr Bürgermeister. Da herin stinkts nämlich!«
Er öffnete mit einem Ruck die Tür, ging hinaus und ließ sie krachend zufallen.

– 16 –

Noch wüteten Zorn und Enttäuschung in ihm, als er den Dorfplatz überquerte, um zum Gasthof zu gehen. Das Gesicht des Mädchens, das Kajetan auf dem Tisch des Krankenhauses gesehen hatte, war von kurzgelocktem, tiefschwarzen Haar umrahmt! Das wußten auch Mayr und der Bürgermeister. Warum hatten sie ihn nicht darauf hingewiesen?
Aus einem der Räume des Schulhauses flog dünner Kindergesang über den fast menschenleeren Platz. Er mischte sich mit dem fernen Kreischen einer Säge und eine unsichtbare Luftader mit dem Geruch frisch geschnittenen Holzes, kalten Holzfeuerrauches und warmen Kuhmists zog vom unteren Dorfteil heran. Wieder hatte Kajetan das Gefühl, als würden ihn hinter angedampften Fensterscheiben neugierige Augen beobachten, und das Gefühl des winterlichen Friedens ließ ihn unberührt.
Die Tür der Metzgerei öffnete sich, und eine junge Frau, die einen schweren Korb schleppte, ging mit schnellen Schritten auf ihn zu.
»Sind Sie von Dornstein?«
»So ist es.«
»Entschuldigens, ich sollt Ihnen von der Herrschaft einen schönen Gruß ausrichten und er läßt anfragen, ob Sie heut auf d' Nacht Zeit haben täten?«
»Wozu, bittschön?«
»Für zum Essen bei ihm.«
»Welche Herrschaft?«

»Der Herr Major.«
»Kennt der mich denn?«
Das Mädchen nickte bestimmt.
»Glaub schon.«
Kajetan überlegte kurz.
»Gut – wenn mir nichts dazwischenkommt, sagst dem Herrn Major, daß ich kommen tät. Wo wohnt sie denn, deine Herrschaft?«
Sie wechselte den schweren Korb auf den anderen Arm und wies auf eine Gasse zwischen der Schreinerei und der Bäckerei. »Da hinten«, sagte sie hastig, »diese Straß entlang. Es ist das letzte Haus.«
Nachdem sie Kajetan auch noch den Weg zum Erberhof beschrieben hatte, lächelte sie scheu und ging schnell weg.

– 17 –

Natürlich hätte er sich von einem Einspänner zum Oberland bringen lassen können, doch Kajetan hoffte, durch diesen Fußmarsch Ordnung in seine Gedanken zu bringen. Es gelang ihm nicht.
»Viel Müh werden Sie nicht haben«, klangen ihm die Worte des Kriminalrats nach, »die Täter sind schon festgesetzt.«
Was aber war das Geständnis des Pizzini wert? Kajetan war lange genug in seinem Beruf, um Zweifel an der Aussage des schwächlichen Mannes zu entwickeln. Aber hatte dieser sich vielleicht nur getäuscht, als er das Mädchen beschrieb? Vielleicht hatte Pizzini tatsächlich gesehen, daß List sich entfernte und draußen ein Getöse vernommen? Und sich den Rest zusammengereimt, um seiner Gefangenschaft ein Ende zu machen? Welche Bedeutung hatte es, daß der Bürgermeister das ermordete Mädchen als »närrisch« bezeichnet hatte, die Wirtin dies dagegen verneinte? Und was sollte der Hinweis des Doktors auf den Dorfnarren? Die Unmöglichkeit der Todeszeitbestimmung aufgrund eines – was zu dieser Jahreszeit nicht

üblich war – geöffneten Fensters? Der spontane Ausruf des Bauern: »Das werds Ihr mir büßen!«, wo er doch zu diesem Zeitpunkt noch nicht wissen konnte, daß es sich um mehrere Täter gehandelt hatte? War vielleicht alles nur eine verwirrende Melange von Zufällen?

Die Sonne stand bereits hoch am Himmel, und der breite, offenbar häufig befahrene Weg, der zunächst in eine kleine Senke führte, um dann den das Tal begrenzenden Waldgürtel zu erreichen, war baumlos. Von Kufen und eisenbeschlagenen Rädern aufgerissener Schotter war unterbrochen von glitzernden, glatten Platten. Kajetan ging schnell, mit kurzen, sichernden Schritten; als er an einer Eisfläche fast den Halt verloren hätte, verlangsamte er seine Bewegungen. Die Hitze nahm zu, er schwitzte.

Nach mehr als einer halben Stunde, während der er nur einem alten Mann begegnet war, der auf einem Bockschlitten, mit im Zugwind fliegenden dunklen Rockschößen ins Tal glitt, stand der Inspektor am Rand der Erberschen Rodung. Die Beschreibung des in einiger Entfernung auftauchenden Gehöfts stimmte.

Es unterschied sich in seiner Bauweise nicht von den anderen Gebäuden des Tales: Das Erdgeschoß war aus grob behauenen Feldsteinen errichtet. Der an manchen Stellen abgeplatzte hellgraue verwitterte Verputz legte ein vielfarbiges, in kalkhellem Mörtel eingelegtes Gesprengsel von Steinen unterschiedlicher Größe frei. Das Obergeschoß bestand aus Wänden, deren vom Regen vieler Jahrzehnte grau gewaschene Balken sich zu einem kunstlosen Verbund zusammenfügten. Die Stallung war ebenfalls bis zum Obergeschoß gemauert; der von einer breiten seitlichen Zufahrt erreichbare Heuschober war jedoch nur von langen, senkrecht und mit schmalen Ritzenbrettern abgedichteten Planken verschlagen. Der Hauseingang war von matt glitzernden, grob gehauenen Granitstürzen gerahmt. Die Tür stand einen Spalt offen.

Kajetan trat zuerst in die dunkle Tenne, dann in die Stube. Warmes Licht durchflutete den niedrigen Raum. Auf dem

Boden nahe des schlicht gemauerten Ofens saß ein Kind, das nun ängstlich von seinem auf den Bohlen verstreuten Spiel aufsah.
»Mama!«
Die Verbindungstür zur Küche öffnete sich. Eine Frau, nicht mehr jung, kam herein. Sie trocknete sich die Hände an der Schürze. Leichte Unruhe lag in ihren Augen. »Ja?«
»Die Erberin?«
»Ja ...?« Sie war mißtrauisch.
»Kriminalinspektor Kajetan aus Dornstein. Wegen der Sach mit Ihrer Pflegetochter wär ich da.«
Sie erstarrte sekundenlang, gab dann jedoch dem Kind einen Wink. »Hol den Vater, g'schwind.«
Widerspruchslos lief das Kind aus dem Raum. Seine Schuhe klapperten auf dem Steinfußboden der Tenne, dann war das Schlagen einer schweren Tür zu hören.
»Hockens Ihnen hin. Mein Mann ist grad im Stall draußd.«
Kajetan dankte mit einer leichten Kopfbewegung und nahm an einer an der Fensterseite verlaufenden Bank Platz. Auf dem Tisch unter dem Herrgottswinkel stand ein kleiner, mit Kerzen bestückter Tannenkranz.
»Den zweiten Advent habts noch gar nicht angezündet?« versuchte Kajetan ein Gespräch.
»Uns wars nicht zum Feiern.« Sie sah unruhig zur Tür.
»Ist das ... ein Bruder?«
Kajetan hatte die Bilder mit verstorbenen Angehörigen unterhalb des Kruzifixes betrachtet und darunter das Bild eines jungen Mannes in Matrosenuniform entdeckt.
»Ja. Er ist vermißt.«
»Er war bei der Marine, nicht wahr?«
Sie nickte.
Nun waren die Schritte des Bauern zu hören, und gleich danach öffnete sich die Tür der Stube. Der Erber, ein kleiner, stämmiger Mann mit schwarzem, leicht gekraustem Haar, band seine Arbeitsschürze ab und hängte sie an einen Haken.
»Was möcht Er?«

»Weger der Sanne ist der Herr da, Simon. Er ist von der Polizei in Dornstein.«
Kajetan ging ihm entgegen und reichte ihm die Hand. »Inspektor Kajetan. Wies Ihnen Ihre Frau sagt, wegen der Sanne bin ich hier. Mein Beileid ...«
In das Gesicht der Frau schoß heftige Bewegung. Schnell hatte sie sich jedoch wieder gefangen. Der Bauer zeigte keine Regung, als er kurz die Hand des Inspektors ergriff.
»Und da gibt es noch ein paar Dinge, die ich wissen muß.«
»Aber«, sagte der Erber verwundert, »die sind doch schon eingesperrt?«
»Trotzdem. Es braucht halt alles seine Ordnung.«
Der Bauer nickte, ohne Kajetan anzusehen. »Wies meinen. Gehts in die Küche«, wies er seine Frau an, die darauf das kleine Mädchen an der Hand nahm und die Stube verlassen wollte.
»Ihre Frau kann ruhig dabei sein.«
»Das brauchts nicht.« Er machte eine ungeduldige Kopfbewegung, worauf die Erberin mit ihrem Kind verschwand.
»Eh ... wollen wir uns nicht hinsetzen, Erber? Da redt sichs besser.«
Der Bauer schien zunächst unschlüssig, dann nahm er am Tisch Platz und wies den Inspektor an, dasselbe zu tun. »Wir haben dem Mayr doch schon alles gesagt«, wiederholte der Erber. Kajetan ging darauf nicht mehr ein. Die Verschlossenheit des Bauern berührte ihn unangenehm.
»Erber ... Ihr seids also am Sonntagnachmittag ins Dorf, derweil ...« Irritiert sah er, wie der Bauer schnell eine auf der Bank liegende Zeitung umschlug und sie auf die Fensterbank schob. »... die Sanne allein daheimgeblieben ist. Wen habt Ihr da besucht?«
Die Bäuerin kam mit einer kleinen Schale mit Adventsgebäck herein und stellte sie auf den Tisch. Dann nahm sie, obwohl es dem Bauern sichtlich nicht angenehm war, ebenfalls Platz. »Das haben wir dem Adam, dem Wachtmeister, doch schon alles gesagt.« Auch aus ihrer Stimme klang eine eigenartige Abwehr.

»Trotzdem. Erzählens mir die Sache nochmal.«
Der Bauer legte die Arme auf den Tisch, legte die Finger ineinander und knetete sie mit festem Druck. »Wir haben«, begann er mit etwas lauterer Stimme, »die Mutter von meiner Frau besucht. Sie ist im Dorf daheim.«
»Da waren wir die ganze Zeit«, ergänzte die Erberin mit Bestimmtheit.
»Du bleibst draußd!« fauchte der Bauer das Kind an, das zögernd die Tür zur Küche geöffnet hatte. »Mei Spielsach ...« sagte es schüchtern. Die Erberin stand schnell auf, hob zwei zerzauste Puppen vom Boden auf und reichte sie dem Kind. »Da! Und geh ned an Ofen, Wabn, gell?« Das Kind verschwand.
»Bis wielang wart Ihr da, Erber?«
»Bis gutding fünf, viertelüberfünf.«
Die Bäuerin rückte näher an ihren Mann und sah den Inspektor an. »Das haben wir so bei uns«, erklärte sie, »allweil am zweiten Advent besuchen wir die Mutter. Und am Heiligabend nochmal. Es freut sie halt.«
Kajetan hatte sich ein Gebäckstück genommen, als die Erberin noch einmal hinzusetzte: »Und dort waren wir die ganze Zeit, gell, Simon?«
Der Bauer wich ihrem fragenden Blick aus. »Die Mutter zeugts Ihnen, wenns nicht glauben.«
»Warum sollt ich nicht?«
Der Erber zog die Augenbrauen hoch, sah zur Seite und zuckte leicht mit den Schultern.
»Ich glaub euch«, versicherte Kajetan, »doch gehn wir weiter: Danach seids alle wieder heim. Wie lang brauchts Ihr vom Dorf herauf? Eine halbe, dreiviertel Stunde?«
»Zu Fuß, ja.«
»Und Ihr seids zu Fuß gegangen?« Beide nickten.
»Dann seids heimgekommen um – sagen wir mal – dreiviertel sechs. Was ist dann geschehen?«
Sie erzählten nun, sich gegenseitig ergänzend, was an jenem Abend sich zugetragen hatte. Sie taten es in fast gleichgültigem

Ton, schmückten nichts aus, und dennoch konnte sich Kajetan genau vorstellen, wie der frühe Abend des zweiten Adventsonntags verlaufen sein mußte. War es zunächst die Bäuerin, die erzählte, so wurde sie zunehmend schweigsamer und in sich gekehrt, während ihr Mann weitersprach.
Das Bellen des Hundes, dessen Hals durch die Kette bis auf das rohe Fleisch aufgescheuert war, sei nur noch ein verzweifeltes, heiseres Heulen gewesen, als sie ankamen, und die weit geöffnete Haustür und Dunkelheit der Räume hätten bereits eine schlimme Ahnung hervorgerufen. Der Bauer sei eilig vorausgegangen, hätte eine Petroleumlampe entzündet und laut gerufen: »Sanne!« Bereits auf den Steinplatten des Hausgangs hätte er zerfließende Eisbrüche entdeckt. Während seine Frau in der Stube einen neuen Kienspan aufgesetzt hätte, sei er, mit zorniger werdenden Rufen, auf die Suche nach seiner Pflegetochter gegangen, die auf das Haus hätte aufpassen sollen. Die Tiere im Stall seien unruhig gewesen, und auch hier hätte er vergebens nach Sanne gesucht. Als er zum Haupthaus zurückgegangen sei, hätte er bereits seine Frau schreien gehört. »Die Speis! Simon!« Was denn damit sei, hätte er gefragt, und, daß sie ausgeräumt sei, alle Schalen zerhauen und ... hätte sie weinend geantwortet. Er hätte sich die Verheerung angesehen und dann sei, obwohl er es hinter zornigen Rufen verborgen hätte, Angst in ihm gewachsen. Mit einer bösen Sicherheit wäre er dann die Treppe zum Obergeschoß gelaufen, hätte die Tür zu Sannes Schlafkammer, dann die der anderen Kammern aufgerissen und sie schließlich gefunden. Langsamer sei seine Frau ihm nachgekommen und beim Anblick des toten Mädchens weinend zusammengebrochen. Dann hätte sie entsetzt zu ihrem Mann geschaut, der in diesem Moment mit ungläubigem und gänzlich blödem Gesicht erstarrt sei ...
Die Bäuerin hatte nun jede Beherrschung verloren. Sie hatte ihre Hände vor ihr Gesicht geschlagen und weinte leise. Der Erber, von der Bewegtheit seiner Frau berührt, suchte ungeschickt tastend ihre Schulter. »Das arme Ding ... das arme ... sie hat

doch ...«, schluchzte die Erberin, »hat doch ... keinem Menschen was ... zuleid getan ...«
Kajetan räusperte sich. »Ich muß mir ihre Kammer einmal anschauen.«
Aus seinen Gedanken gerissen, stand der Bauer schwer auf und ging zur Tür, nachdem er Kajetan bedeutet hatte, ihm nach oben zu folgen. Auch die Bäuerin, die sich ihre Tränen mit ihrer Schürze abwischte, war aufgestanden.
Sannes Kammer grenzte direkt an die Stallung. Der Raum war klein und niedrig. Nur ein schmales Bett, ein einfach gezimmertes Tischchen mit einer Schublade, eine Anrichte mit einem Wasserkrug, einer Schale und einem kleinen, fleckigen Spiegel hatten darin Platz. Ein winziges Fenster, das durch die mit Kalkfarbe bemalten Balken geschlagen war, warf Licht herein. In die gemauerte Rückwand war eine schmale Tür zu einem schmalen Wandschrank eingelassen. Kajetan öffnete sie. Der Schrank war, bis auf einige wenige Hemden und einem festen Rock, leer. Unter der Anrichte stand ein Paar offensichtlich neuer Schuhe, und in der Schublade des Tischchens lag nichts als ein kleines, in schwarzes, abgewetztes Leinen gebundenes Gebetbuch. Kajetan öffnete es. Ein Zettel fiel heraus.
»Üb immer Treu und Redlichkeit«, las er, »bis an Dein kühles ...« Er legte es zurück. Die Bäuerin schniefte leise, dann sagte sie mit beherrschter, doch zärtlicher Stimme: »Sie hat von der Lehrerin immer solche Fleißzetterl gekriegt.«
»Sie hätt auch Gedichterl geschrieben, ist mir gesagt worden?«
»Krämpf waren das«, sagte der Erber kurz.
»Kann ich welche lesen?«
Der Erber schwieg zunächst und schien zu bereuen, was er dem Mädchen in einer zornigen Minute angetan hatte. »Ich habs in den Ofen reingeschmissen ...«
»Wieso?«
»Weils nie den Kopf bei der Arbeit gehabt hat.«
»Das war«, ergänzte die Bäuerin, »wie ihr im Herbst Vieh ausgekommen ist, das wo sie nicht mehr hat finden können.«
Kajetan horchte auf. »Sie hat Vieh gehütet?«

»Die Schaf hats gehütet«, erklärte die Erberin, »und da hats nie was gegeben. Bis vor guten sechs Wochen. Da sind ihr auf einmal zwei abgegangen. Der Mann ist mit ihr noch auf die Such gegangen, aber sie hats nimmer finden können.«

»Sie war so in ihrem ... Dings, daß sie gar nimmer gewußt hat, wo sie die Schaf überall getrieben hat«, nickte der Bauer. »Und da hat ihr der Mann die Gedichterl verbrannt. Heut tuts ihm gewiß leid«, sagte sie. Wieder erfaßte sie ein Schluchzen.

»Und da, auf dem Bett«, deutete Kajetan, »ist sie dann gelegen, wie Ihr sie aufgefunden habt?«

Der Bauer wandte erstaunt den Kopf. »Nein, nicht da ...« Er räusperte sich.

»Wie?«

»Das ist seine Kammer – der Sanne seine Kammer.«

»Ja, und?«

»Sie haben der Sanne seine Kammer sehn wollen.«

»Aber – wo ist sie denn dann aufgefunden worden, Erber?«

»In der ... vorderen Kammer.«

Kajetan war vorausgegangen und deutete auf eine der Türen, die zu den im vorderen Gebäudeteil liegenden Zimmern führen mußte. »Hier?«

Der Bauer nickte, kam näher und öffnete die Tür. »Sie hat da herin nichts verloren gehabt«, sagte der Erber hart in die Stille.

»Da ... da schlafts ja Ihr, Erber?«

»Sie hat da herin nichts verloren gehabt.«

Das Zimmer war sauber und aufgeräumt. Zwei schmale Betten standen nebeneinander. Auch hier fand sich wieder eine kleine Anrichte mit einer Schale und einem Krug Wasser, daneben jedoch ein breiter, bemalter Tuchschrank. Kajetan öffnete ihn einen Spalt. Er war mit hellen Tüchern und der Festtagskleidung der Bauersleute gefüllt.

»Wo ist sie gelegen?«

Die Bäuerin, die an der Tür stehengeblieben war, deutete auf das linke Bett.

»War eine Unordnung, wie Ihr sie gefunden habt?«

»Wir haben nicht darauf geachtet ...«, sagte die Erberin leise,

doch dann schien ihr etwas einzufallen, »außer ... ich hab mir eingebildet, daß jemand im Kasten war und unser Hochzeitsgewand ausgeräumt hat.«
»Aber es ist nichts gestohlen worden?«
Beide schüttelten den Kopf. »Nur«, fügte die Bäuerin zögernd hinzu, »ich hab mir halt eingebildet, daß ich das Gewand anders zusammengelegt hab. Aber es täuscht sich eins leicht ...«
Kajetan sah sich um. Unterhalb des Fensterbrettes entdeckte er schließlich eine feuchte Stelle. »Woher kommt das, Erber?«
»Es hat reingeschneit.«
»Wann?«
»Damals ...«
»Ihr habts bestimmt nicht vergessen, das Fenster zuzumachen?« Beide schüttelten den Kopf. Sie gingen wieder nach unten. Kajetan bat den Erber, ihn in den Stall zu führen.
»Gibt es eigentlich noch einen anderen Zugang zum Haus – außer der Haustür?« wollte Kajetan wissen, als sie wenig später das düstere Gewölbe betraten. Der Bauer deutete auf ein Tor im hinteren Stallbereich. »Wenn man bei dieser Tür rausgeht, dann kommt man wieder auf die Straß.«
»Machen Sie sie mir auf.«
Der Erber ging nach hinten und griff an den Riegel. Er stutzte plötzlich.
»Was ist, Erber?«
»Der Riegelbogen ist herausgetrieben ...«
»Wie kann sowas passieren?«
Der Bauer betrachtete ratlos die ausgerissene Halterung.
»Wenn einer von außen dagegendrückt, nicht wahr?« Kajetan zog die Tür auf. Er blickte auf eine verschneite Fläche, auf der nichts außer den wirren Verläufen der Spuren kleiner Tiere zu sehen war.
Als er sich umwandte, blieben seine Augen an einer kleinen Vertiefung hängen. Dort, wo der Schneewind unter dem Vordach eine kleine Wächte angehäuft hatte, war der Abdruck eines Schuhes zu sehen, freilich schon von feinem Flugschnee überweht. Für die Zuordnung zu einem bestimmten Sohlenprofil

wäre sie nicht mehr zu gebrauchen gewesen. Der Bauer hatte nichts von Kajetans Beobachtung bemerkt.
Als er sich wenig später von den Bauersleuten verabschiedete, drehte er sich im Türrahmen um. »Sagts, Erber, hier heroben haust doch der Luk?«
Die beiden sahen sich an. »Der Luk?«
»Der spinnerte Luk, wie ihr ihn heißt, jawohl. Wo find ich den?«
Der Bauer schien zu zögern und sah wieder zu seiner Frau. Sie wandte sich zu ihrem Kind und strich ihm die Haare aus dem Gesicht. »Aber ... der ist närrisch.«
»Ich weiß, Erber. Wo also find ich ihn?«
Zögernd beschrieb der Bauer den Weg zum alten Sägewerk. Kajetan verabschiedete sich.

– 18 –

Im Bergwald, den Kajetan nach anstrengender Wanderung erreichte, strich merklich kühlerer Wind über sein eben noch schweißnasses Gesicht. Nach einer steil nach oben führenden Kehre öffnete sich der Wald zu einer Lichtung, die an einer Seite in eine Schlucht abzufallen schien. Mit blinden, teilweise zerschlagenen Fensterscheiben, bröckelndem Putz und vom Wetter grau gegerbten Läden stand die alte Sägemühle vor ihm. Überwehte, doch noch deutlich sichtbare Spuren, die ihn den ganzen Aufstieg begleitet hatten, führten zu einer Seitentür. Ein Habicht krächzte hinter den Wipfeln. Kajetan klopfte.
Niemand antwortete. Er öffnete die Tür und betrat eine düstere Halle. Berge von fauligem Sägemehl ließen wenig Sicht frei auf die alte Mechanik der Mühle. Eine mächtige Achse, die das Mühlrad über lose herabhängende Transmissionsbänder und ein Gewirr von Zahnrädern unterschiedlicher Größe mit den Sägevorrichtungen des oberen Stockwerks verbinden mußte, ragte in den Raum. Der Windzug bewegte die Fetzen verstaubten Spinnengewebs.

»Luk?«
Kajetan ging weiter. Er hatte, da seine Augen sich nun etwas an das dämmerige Licht gewöhnt hatten, eine nach oben führende Treppe entdeckt und trat auf den ersten Absatz. Als er nach oben sah, erschrak er.
Am oberen Ende der Treppe stand eine hohe Gestalt. Drohend hob sie ein Beil.
»Tu das weg!« Luk bewegte sich nicht. »Ich muß dich was fragen, Luk.« Der Inspektor zwang sich zur Ruhe. Er stellte seinen Fuß langsam auf die nächste Stufe. Luk hob das Beil. Schnell zog Kajetan seinen Fuß wieder zurück.
»Dir will ich doch nichts, Luk! Ich bin von der Polizei! Ich will dich wegen der Erber Susanne etwas fragen, Luk.«
»Es denkt mancher, er wär ein Vogel ...«
»Was?«
»... und könnt fliegen und fällt hin und ist tot.«
»Was ... meinst du damit, Luk?«
Der Verrückte fuhr in merkwürdig pastoralem Singsang fort, ohne sein Beil zu senken: »Und sagt ihm der Herrgott, daß er gelogen hätt zu die Menschen und lachts aus, und da hüt einer seine Schaf und ist gut allweil und streichelts und stürzens ihm allesamt ins Loch und finden nimmer heraus. Und da weints und weints und steigt in das Loch und bleibts bei die Schaf und träumts, es wär ein Vogel.« Er lachte.
Der Inspektor gab auf. Kopfschüttelnd drehte er sich um, warf noch einmal einen kurzen Blick zurück und ging. Fluchend öffnete er das Tor. Die Helligkeit blendete ihn. Dann hatten sich seine Augen daran gewöhnt.
An Mrs Philomena Hakansen, Manheim, Pennsylvania
So gehn mir, je älter ich werd, die Ding mit den Leuten immer mehr ans Gemüt. Einmal in meinem Leben hätt ich gedacht, jetzt wird die Zeit lichter und nur närrischer ist sie geworden seit dem Krieg. Sei du nur froh daß du fort bist von da, weil es ist gar kein verstehn mehr und wird alles bloß noch zur Maschkerad, es nutzt kein Reden mehr und kein Stillsein, drum schweig ich davon, aber muß immer reden und machen und

fragen und Rat geben und sie lassen mich nicht mehr aus, und die Sach mit der armen Erber Sanne ist noch verzwickter geworden wie ich mir gedacht hab. Der Inspektor von Dornstein hat die Vaganten scharf ins Verhör genommen und einer hat dann endlich zugestanden, daß sein Komplize es gewesen ist, hat aber angesagt, daß das Mädl falsche Haar gehabt hat weil er sich verschaut hat im Finstern. Wie ichs dem Inspektor angeben wollt, ist er schon fortgewesen und hat der Bürgermeister über ihn geschimpft, daß er nicht ganz grecht wär und er zur Straf nach Dornstein her versetzt worden wär und ich sollt ja aufpassen.

Die Bäckin hat ihn gesehen, wie er zu Fuß ins Oberland ist und auch gesagt, was mords was für einer er sein sollt und ob der schon grecht ist. Ich aber mein, daß er ein feiner Mensch ist, einer wo genau hinschaut, aber sich nichts sagen läßt und Verlaß drauf ist was er tut. Und dann geht auf einmal ein komisches Gered über den Erber umher, weiß keiner genaues, aber tut jeder, als wüßt er, daß die Sanne sein lediges Kind gewesen wär und sie es aufbringen hätt wollen. So gut sind die Leut und so bös könnens auf einmal sein, liebe Mena. Ist dann der noble Herr Major, der wo nach dem Krieg ins Jaidhaus gezogen ist, noch zu mir gekommen und hat sich erkundigt wies so geht allerweil und mit den Mordbuben, wann sie wegkommen, weil sie so eine Unruh bringen und wollt dann noch wissen, wo der Inspektor hingegangen wär. Sag ich, zum Erber wahrscheinlich, und will er wissen, was er dort sucht. Sag ich, was weiß ich, er ist halt ein Genauer und sagt er, das wär recht und ich hab bei allem, was die Leut gesagt haben, ein seltsames Gefühl gekriegt und sollt auch recht kriegen dabei.

– 19 –

Das Tal verlor nun alle Farben. Die Sonne, deren verglimmendes Licht in der Dämmerung in leuchtendem Violett über den Bergzügen im Westen stand, erreichte das Seitental nicht mehr. Fast augenblicklich war Kälte vom Flußtal und von den Hängen herangezogen. Als Kajetan nach kurzem Fußmarsch das Haus des Majors erreicht hatte, hob sich nur noch die dunkle Silhouette des Gebirges vor dem Nachthimmel ab.

Das »Jaidhaus« war in völlig anderer Weise als die meisten Gebäude des Tals gebaut. Über zwei hohen Geschossen stach ein steiles Dach empor, aus dessen Seiten Gauben wuchsen. Die der Straße zugewandte Hausseite war über die gesamte Breite mit einer Veranda versehen, deren Verglasung wohl im Sommer zu entfernen war. Das Geländer des kanzelartigen kleinen Balkons über dem Eingang war mit ausgeschnittenen Ornamenten verziert. Von Efeu umrankte hohe Fenster waren erleuchtet und warfen lange Lichtrauten auf den unberührten Schnee.

Kajetan öffnete das dünne Türblatt der Veranda und schlug einen Türklopfer. Ein verängstigtes Gesicht erschien. Das Mädchen, das ihn auf dem Walchinger Dorfplatz angesprochen hatte, begrüßte ihn respektvoll, versuchte einen ungeschickten Knicks und nahm seinen Mantel.

Eine Tür der geräumigen Treppenhalle, deren Wände mit Jagdtrophäen behängt waren, öffnete sich. »Herr Inspektor! Herzlich willkommen in unserem bescheidenen Heim!« Der Major, dessen Bewegungen und Tonfall unzweifelhaft auf seine soldatische Vergangenheit verwiesen, schüttelte ihm die Hand. »Ich freue mich, daß Sie Zeit gefunden haben. Gestatten, Rupp.«

Kajetan nannte ebenfalls seinen Namen. Der Major war gut einen Kopf größer als er; eine sehnige, doch schmalschultrige Gestalt, deren länglicher Kopf auf ein seltsam fliehendes Kinn zulief.

»Bescheidenes Heim! Sie sind gut, Herr Major«, sagte Kajetan anerkennend und wies auf das nicht eben dörfliche Armut ausdrückende Interieur des Raumes. Der Major winkte geschmeichelt ab. »a. D.! Major a. D., Herr Inspektor«, sagte er seufzend und wies ihn in ein angrenzendes Zimmer, »leider außer Diensten ... Machen Sie es sich bequem, Herr Inspektor, bitte sehr.«
Sie befanden sich nun in einem Raum, dessen eine Seite fast zur gesamten Breite mit einem Bücherregal bedeckt war. An den anderen Wandflächen hingen Gemälde mit Jagdszenen; in der Mitte des Raumes befand sich eine kleine Sitzgruppe mit niedrigem, städterischem Mobiliar.
»Nun, aber in Walching scheint Sie jeder nur als Herr Major zu kennen.«
Wieder lächelte der Major und wies auf einen Sessel. »Bittesehr«, er nahm ebenfalls Platz, »einen Cognac? Sie sagen mir doch nicht nein und wollen mir etwas von 'im Dienst' erzählen? Lies'che!« rief er dann, ohne die Antwort des Inspektors abzuwarten. Daß die Stimme des Majors übergangslos von beeindruckender Freundlichkeit in befehlenden Ton wechselte, fiel dem Inspektor unangenehm auf. Schon stand das Mädchen im Türrahmen. »Lies'che! Einen Cognac für den Herrn Inspektor und für mich«, herrschte Rupp sie mit leichter Ungeduld an und fügte hinzu, als sie ihn ängstlich fragend ansah, »unter dem Spiegelschrank, rechts. Stell dich doch nicht gar so an.«
»Re ... rechts«, wiederholte das Mädchen scheu und lief fort.
Wieder seufzte der Major. Er sah, daß Kajetan die mächtige Bücherwand bestaunte. »Herrlich, nicht wahr?« sagte er stolz, erhob sich und zog einen der Bände heraus, »Johann Wolfgang von Goethe. Leipziger Ausgabe.«
»Ihnen wirds gewiß nicht langweilig, Herr Major. Mit den vielen Büchern?«
Der Major setzte sich wieder und lächelte. »Ach, wenn man nur die Zeit dazu fände, Herr Inspektor.«
Liesi brachte zwei Gläser mit Cognac. »Zum Wohl, Herr Inspektor!« Der Major hob das Glas.

»Zum Wohl, Herr Major.«
»Lies'che, wir können dann bald essen, ja?« Das Mädchen nickte, knickste wieder und ging schnell hinaus. »Ich hab das Lies'che noch nicht lang«, erklärte der Major, das Glas abstellend, »eine Aphrodite ist sie gerade nicht, aber kochen, Herr Inspektor, kochen kann sie exzellent ... Der Cognac ...?«
»Sehr gut, Herr Major, sehr gut!«
»Da sehen Sie, was die richtigen Beziehungen wert sind! Französischer Cognac!«
Kajetan überlegte, welche Beziehungen das gewesen sein könnten, und ob er nun einen nutzlosen Abend mit einem bemitleidenswerten Hagestolz verbringen würde, der von nichts anderem als den vergangenen, herrlichen Tagen seiner Militärzeit erzählen würde.

– 20 –

Der Himmel über dem Tal war sternenklar. Vom nahen Bergwald klang das feine Rascheln der Zweige, als würde sich in den Höhen ein mächtiger See bewegen; es brach wieder ab und führte plötzlich wieder das Geräusch des Flusses heran.
Nur der Widerschein des Mondlichts auf der Fläche der Rodung und den Mauern hoben den Hof des Erber aus der Dunkelheit hervor. Kein Licht brannte mehr zu dieser Stunde, und lediglich das leise, seltene Geklirr der Stallketten wies darauf hin, daß das Gebäude von lebenden Wesen bewohnt war.
Mit verschwiegenem Ächzen öffnete sich die Haustür. Eine Gestalt verließ beinahe lautlos das Anwesen. Sie horchte einige Sekunden in die Nachtstille und ging dann langsam auf den höher führenden Weg. Der Hund hatte kurz angeschlagen, doch irgend etwas, vielleicht ein bekannter, gezischter Laut, hatte ihn sogleich zum Schweigen gebracht.
Die Gestalt bewegte sich mit schweren, sichernden Männerschritten eilig vorwärts. Sie hielt, nun bereits außer Sichtweite des Hofes, noch einmal an, sah wie witternd um sich und zog

im Weitergehen den dunklen Umhang fester an sich.
Der Weg war nun nicht mehr geräumt; vor einigen Tagen waren jedoch noch mit schweren Stämmen beladene Schlitten gezogen worden, und wenngleich die tiefen Furchen bereits überweht waren, so zeigten sie doch unzweifelhaft den Weg an, der nun wie durch einen finsteren Dom führte. Der nächtliche Wanderer holte nun ein Windlicht unter seinem Umhang hervor, entzündete die Flamme und setzte seinen Weg fort.
Dann öffnete sich der schwarze Wald, und am Rande einer kleinen Lichtung, unter wilder, verschneiter Verwachsung, tauchte die verlassene Sägemühle in den Lampenschein.
Eine Fußspur führte zu einer der Seitentüren. Ein Eisenring löste klickend eine Verriegelung. Die Schritte des Mannes klangen stumpf auf dicken Bohlen, als er eilig in den hinteren Gebäudeteil ging. Er kannte den Weg. Er sah nach oben, wo sich eine Tür geöffnet hatte und schwacher Lichtschein die Gestalt eines großgewachsenen Mannes umriß.
»Wer ist es?« rief eine ruhige, doch gefährlich wachsame Stimme. Der Eindringling hob das Windlicht und zeigte sich.
»Hock Dich hin, Erber.« Luk hatte bereits auf einem Stuhl seiner winzigen Kammer Platz genommen und sah, daß der Bauer zögerte. »Es taugt einer zu nichts, der vergißt, wenn er müd ist.«
»Wenn ichs nur sein könnt, Luk«, sagte der Erber und setzte sich auf eine Bank. Dann hob er den Kopf. »Heut war einer da von Dornstein, wegen der Sanne, und hat nach dir gefragt.«
Luk nickte unmerklich.
»Und« fuhr der Bauer fort, »war er heroben? Hast ihm was gesagt?«
Eine Zeitlang war nur das schwere Atmen des Luk zu hören.
»Sag, Luk.«
»Ich hab gesungen, Erber.«
Der Erber verstand nicht.
»Gesungen hab ich ...«
»Und?!«
»Nicht geredet! Erber, hörst nicht, was ich red?« Luks Stimme

klang müde. Der Bauer nickte erleichtert. »Es wird gefährlich«, sagte er. »Sag ihm«, hier machte er eine Kopfbewegung nach oben, »daß er sich eine Zeitlang nicht mehr so weit herunten blicken lassen soll. Am besten versteckt er sich ein paar Tage im Silberloch droben, und«, er holte einen kleinen Leinensack aus seinem Umhang, »gibst ihm das. Ein paar Äpfel sind drin, ein Brot, ein bisserl Geselchtes.«

»... ist recht, Erber.« Luk schien wie im Traum zu sprechen.

»Packst du es noch, Luk? Wirst ja auch nicht jünger?«

»Laß dich das nicht kümmern«, antwortete Luk nach einer Weile, in der er einer fernen Musik zu lauschen schien, »... aber mir ist, als drücken sie uns jetzt wieder zurück in die Erd, Erber.«

»Ha?«

»Wir werden wieder Geister, Erber. Geister, die müssen ohne Licht leben und spüren nichts mehr, kein Frühjahr, kein Sommer.«

»Wie ... wie ist er denn beinand?« ging der Bauer nicht darauf ein.

»Genauso wie einer, der noch lebt und spürt, daß er längst tot ist.« Die Blicke der beiden Männer trafen sich. Luk schien nun aus seiner Versunkenheit aufgetaucht zu sein und hatte die Hände um die Lehne seines Stuhls gekrallt. Der Erber erhob sich und wandte sich zur Tür; dort angekommen, drehte er sich noch einmal um. »Luk«, sagte er zögernd, »der Zettel neulich – den hast doch du geschrieben?«

Der Alte schüttelte den Kopf.

»Nein?!« Ein fürchterlicher Gedanke keimte auf.

»Wo hast dein Gewehr, Luk?« ächzte der Erber nach einer Weile. Der alte Mann antwortete nicht.

»Gib mir dein Gewehr, Luk!«

»Das kriegst nicht.«

Wütend griff der Erber nach seinem Windlicht, öffnete die Tür und lief polternd hinaus. Bald waren seine Schritte verklungen. Dumpf und fern ächzte die Außentür. Dann war es still.

Luk stand auf, löschte die Kerze, tappte einige Schritte zu

seinem Stuhl und ließ sich hineinfallen. Er sah zum Fenster, durch dessen eisblinde Scheiben nun blaues Licht stärker zu werden schien. Dann begann er, sich langsam nach vorne und wieder zurück zu wiegen. Mitleidlos stampften Schmerzen und das Gefühl bitterer Einsamkeit heran. Der Kopf des Alten sank tiefer. Luk riß die Hände vor sein Gesicht und weinte.

– 21 –

»Wenn er nichts kann, der Franzos, außer ...«, zwinkerte der Major und lächelte anzüglich, »... das kann er: den köstlichsten Wein der Welt herstellen. Noch einen Schluck, Herr Inspektor? Ich seh, Sie kommen auf den Geschmack!«
Der Major hatte recht; ein wohliges Gefühl hatte ihn umfangen. Liesis Gericht war hervorragend gewesen, und der Major hatte sich mit Erinnerungen aus seiner Dienstzeit zurückgehalten und statt dessen von fernen Ländern, von Literatur und anderen Köstlichkeiten erzählt.
»Achja«, seufzte Rupp.
»Wie meinens?«
»Zum Wohl, Herr Inspektor!«
»Zum Wohl, Herr Major!«
»a. D., Herr Inspektor!«
Hat er es nicht hier tausendmal schöner als in irgendeiner langweiligen Garnison, wollte Kajetan wissen.
»Achja«, seufzte Rupp erneut, »das Leben auf dem Land, lieber Herr Inspektor, ist ohne Zweifel ein Jungbrunnen. Gut, man ist hier von, sagen wir mal – eher einfacheren Menschen umgeben, aber – es ist im Grund ein braver, gutwilliger Schlag hierzulande. Nicht eben – nicht eben an höheren Dingen interessiert, aber ehrlich, geradeheraus und treu. Die meisten jedenfalls. Zum Wohl, Inspektor!«
»Zum Wohl, Herr Major!«
»Und dann die frische Luft! Glauben Sie mir, da wachsen einem ganz neue Kräfte zu«, zwinkerte der Major. Übergangslos bellte

er: »Lies'che!« Augenblicklich erschien die junge Frau wieder an der Tür. »Lies'che! Richtens noch eine Flasche her, ja?«
Liesi entfernte sich, bevor Kajetan abwinken konnte. Der Major wandelte sich sofort wieder vom Befehlshaber zum Gastgeber. »Die frische Luft, ja ...«, erinnerte er, »zum Wohl!«
Liesis Auftritt hatte Kajetan ernüchtert. Rupps Erzählungen, seine Schilderungen von sonnigen, südlichen Ländern, von seinen Begegnungen mit bedeutenden Personen, mit Künstlern, Politikern, tönten ihm plötzlich wie kaltes Knattern. »Wenn man noch eine kriegt, Herr Major!«
»Wie? Ach ja, diese schreckliche Sache!« Rupp war sofort bereit, das Thema zu wechseln. Fast, als hätte er darauf gewartet. »Eine Tragödie! Wie kommen Sie denn vorwärts? Die Täter sind doch, meines Wissens, schon alle hinter Schloß und Riegel?«
Kajetan stellte das Glas ab und wiegte den Kopf.
»Das schon, Herr Major ...«
»Sie sagen das so zögernd?«
»Nun ... sie sind alles andere als geständig.«
»Ach was!!«
Komm, dachte Kajetan. Und der Major kam mit den Dingen, die er den ganzen Abend schon loswerden wollte. »Ach ja ... die kleine Sanne, das arme Kind ... Sie hat gelegentlich hier ausgeholfen, wenn ich größere Gesellschaften hatte ... Ein nettes, liebenswürdiges Ding. Ein bißchen – nervös – vielleicht?« Nervös? Will schon wieder einer die arme Gedichterlschreiberin für verrückt erklären?
»Mit etwas zuviel Phantasie ... Sie hats ja auch nicht leicht gehabt. Keine Eltern mehr ... Und wer weiß, wie der Pflegevater sie behandelt hat.«
»Nachdem, was ich bisher erfahren hab«, räusperte sich Kajetan, »nicht sonderlich schlecht.«
»Nun ja!«
»Das klingt, als ...«

»Nun ja, sie hat einmal gewisse Andeutungen gemacht!«
»Interessant. Welche?«
»Nun«, senkte der Major die Stimme, »ich kann mich täuschen, aber ich glaube – ganz unter uns, Herr Inspektor – ich glaube, der Pflegevater ist nicht ganz koscher, wenn Sie den Ausdruck verzeihen.«
»Wie? Daß er ... etwas mit ihr gehabt hat? Oder was meinen Sie damit?«
Der Major riß die Augen auf und hob entsetzt die Hände. »Um Himmelswillen, ich meine gar nichts, Herr Inspektor!« Er nahm einen Schluck. »Aber da gibt es eben so eigenartige Gerüchte ... Er soll sich zwar immer recht um das arme Ding gekümmert haben, aber da soll auch ein gehöriges Maß an schlechtem Gewissen dabei gewesen sein – sagt man!«
»Interessant.«
»Der Erber, ja«, fuhr Rupp versonnen fort, »ein seltsamer Mensch. Mit der Religion hat ers gar nicht, sagt man. Und die alte Geschichte, die kennen Sie sicher?«
»Alte Geschichte?«
»Der Erber«, Rupp beugte sich nach vorne, »war Bauernrat! Hier, in diesem Nest. Lächerlich war das – eine Revolution in dieser Gegend. Wo die Leute an Kommunion denken, wenn sie das Wort Kommunismus hören!«
»Der Erber? Bauernrat – in Walching?«
»Ist das nicht verrückt? Stellen Sie sich vor, die haben es nicht einmal fertiggebracht, daß der Pfarrer die Glocken hat läuten lassen, wie der – wie hab ichs im »Miesbacher Anzeiger« gelesen – der Eisner auf der Prannerstraße ausgerutscht ist! Hahaha! Zum Wohl, Herr Inspektor!«
»Zum Wohl, Herr Major!«
»Hab ihn übrigens«, lehnte der Major sich wieder zurück, »persönlich gut gekannt, den jungen Arco-Valley! Ganz anders als sein Bruder. Tüchtiger Kerl! Hätt ihm niemand zugetraut, daß er diesen galizischen Aufwiegler abschießt!«
»Waren Sie denn seinerzeit in München?«
Der Major nickte, und während er nun von seinen Heldentaten

bei der Besetzung Münchens schwadronierte, mußte Kajetan an jene Begebenheit denken, die schließlich zu seiner Strafversetzung nach Dornstein geführt hatte.
Er wohnte damals, im Mai 1919, in der Giesinger Nockherstraße. Ein junger Kerl aus der Nachbarschaft hatte sich nach der Revolution den Roten angeschlossen und war beim Einmarsch der Weißen Garden denunziert worden, was in jenen Tagen einem Todesurteil gleichkam. Der Bub, er war noch keine 18 Jahre alt, versteckte sich im Speicher einer Herberge, wurde dort mehrere Wochen von seiner Familie verköstigt und konnte sich, als auch dieses Versteck zu unsicher geworden war, durch einen beherzten Sprung in den unterirdischen Mühlbach in Sicherheit bringen. Er wurde nach Wochen halbverhungert aufgegriffen; glücklicherweise kam er nicht mehr vor das Standgericht, dennoch wurde er einem harten Verhör unterzogen, in dem er angab, daß auch der Inspektor Kajetan, wie alle Leute aus der Nachbarschaft, von seinem Versteck gewußt hätte. In seiner angstvollen Verwirrtheit glaubte er, daß ihm dies Sicherheit geben würde, doch diese Aussage, die Kajetan nicht sehr ernsthaft bestreiten konnte, hatte schließlich ein dienstliches Verfahren in Gang gesetzt, an dessen Ende er vor die Entscheidung gestellt wurde, den Polizeidienst zu quittieren oder einer Versetzung nach Dornstein zuzustimmen.
»Alles mitgemacht, Herr Inspektor«, sagte der Major mit lauernden Augen, »die Befreiung, den ... achja.« Er seufzte. »Und jetzt sitzen wir halt hier in unserem schönen Walching ...«
»Ihre Gattin ... ist ...?«
»Gattin? Wie kommen Sie darauf? Nein, ich lebe allein hier.«
»Nun, weil Sie gesagt haben: sitzen wir?«
»Nein, nein«, lachte der Major, »das ist offenbar so eine Angewohnheit von mir. Wenn ich w i r sage, meine ich natürlich mich – was ist?!«
Liesi stand wieder im Türrahmen und gab scheu ein Zeichen. »Sie möchten herauskommen, Herr Major.«
»Was?!« sagte der Major in unbeherrschtem, plötzlichem Är-

ger, stand dann aber auf, »Sie entschuldigen mich einen Moment, Herr Inspektor.«
Das Mädchen hatte sich wieder zurückgezogen, und Kajetan konnte durch einen Spalt der offenen Tür sehen, daß der Major einen offenbar heftigen Disput mit einem jungen Mann führte. Beide standen im Dunkel der Veranda; die Stimme des Besuchers klang leise, die des Majors zornig. Schießlich schloß sich die Tür der Veranda wieder und der Major kam wieder zurück, seine Erregung nur mühsam beherrschend. Er bemerkte Kajetans fragenden Blick und winkte ab.
»Unbedeutend, Herr Inspektor, völlig unbedeutend«, sagte er und ließ sich in den Stuhl fallen. Unwillen und Müdigkeit hatten von Kajetans Körper Besitz ergriffen. Schließlich erhob er sich, bedankte und verabschiedete sich. Der Major bot ihm an, ihn zum Gasthof zu bringen, doch Kajetan lehnte ab. Die frische Luft würde ihm, der Alkohol nicht sonderlich gewohnt war, gut tun, meinte er, und der Major nickte verstehend. Als beide sich die Hände zum Abschied reichten, stand Liesi still, mit Augen wie weißer Stein, im dämmerigen Dunkel des Flurs.

– 22 –

Schon nach wenigen Schritten hatte sich eine Tannenwand vor das hellerleuchtete Haus des Majors geschoben. Der Weg führte in leichter Steigung bergab. Kajetan hatte sich ein Windlicht von Rupp erbeten, doch die Nacht schien ihm, der nur auf den kleinen Lichtkreis zu seinen Füßen achtete, schwarz, und Kälte kroch langsam durch das Leder seiner Schuhe. Er ging schneller. Die leichte Benommenheit, die der Wein bei ihm verursacht hatte, wich von Schritt zu Schritt; er fühlte die Haut seines Gesichts erkalten. Stechender Frost biß, seine Atemzüge brannten mit winzigen eisigspitzen Stacheln in Mund und Nase. Er beschleunigte seine Schritte. Fern schrie eine Eule.
Der Weg war leicht zu erkennen. Zwar waren die Fahrrinnen bereits wieder von angewehtem Flugschnee überdeckt, doch

zeigten die leicht erhöhten Wehen am Wegrand deutlich, wo das freie Feld begann.
Es war wieder still, kein Wind bewegte sich, nur dann und wann trugen hohe Luftströme von fern Geräusche eines bellenden Hundes heran. Noch führte der Weg in den Talgrund, wo nun dünner Nebel sich auszubreiten begann. Nach wenigen Schritten schien es, als sei auch der Himmel wolkenbedeckt. Kajetan empfand eine eigenartige Taubheit; zwar hörte er das kristallene Knistern unter seinen Schuhen, doch schien dieses Geräusch mehr und mehr vom Pochen seines Herzens übertönt zu werden.
Nun führte der Weg wieder durch ein Waldstück. Der Nebel hatte sich verdichtet. Mattschwarze Stämme schoben sich heran, dann drehten sich wieder mit Schnee beladene Tannen in den Lichtkreis. Schnee rutschte in der Dunkelheit von Ästen, peitschend schnellten sie in die Höhe. Dann schien die Straße wieder auf eine freie, leicht abschüssige Fläche zu führen.
Da strauchelte Kajetan plötzlich. Heftig mit den Armen rudernd, versuchte er, sein Gleichgewicht zu halten. Es half nichts, er fiel schwer zu Boden und begrub die Lampe unter sich. Das Licht erlosch augenblicklich. Mit geweiteten Augen starrte Kajetan in die Finsternis. Er richtete sich auf und tappte vorsichtig weiter, nachdem er sich beißend kalten Schnee vom Gesicht gewischt hatte.
Der Inspektor versuchte nun, sich an der leichten Erhöhung der Seitenwehen zu orientieren. Es gelang ihm einige Meter; dann jedoch fühlte er, daß der Schnee unter seinen Füßen höher wurde. Er ging einige Schritte zurück und taumelte erneut, als er in eine kleine, schneeverwehte Mulde rutschte. Fluchend richtete er sich auf, ging einige Schritte in verschiedene Richtungen, bis er den Eindruck hatte, wieder auf festem Grund zu stehen. Er hob beide Hände wie ein Blinder und stapfte mit tastenden Schritten weiter.
Die seitlichen Wächten waren verschwunden. Oder konnte er sie nur nicht mehr erfühlen? Obschon er sich sicher war, in dieser Gegend auf keinen Abgrund zu stoßen, hatte er nun

Angst. Sein Puls flog, in seinem Körper hatte sich Hitze ausgebreitet, Schweiß kristallisierte sich auf seiner Stirn. Langsam bewegte er sich in undurchdringlicher Dunkelheit vorwärts. Der Boden war wieder fest geworden. Feines, wenige Zentimeter hohes Schneegestäube schien auf der Fläche zu liegen.
Da klickte ein seltsames Geräusch. Kajetan, der wieder schneller gegangen war, achtete nicht darauf. Er hielt erst an, als er es erneut hörte, diesmal lauter, nun gefolgt von einem zweiten, dritten.
Er lauschte ins Nichts. Ein leises, fernes und gläsernes Rascheln schien nun anzuwachsen und versank wieder in der Stille.
Alles schwieg. Dann brach ein infernalisches Getöse aus. Kajetan schrie entsetzt auf, und in sein Kreischen mischte sich das Krachen der Eisplatten des Toteissees. Schwappend öffnete sich das Wasser. Kajetan hörte bereits nichts mehr, fühlte nur noch, wie das eisige Wasser über ihm zusammenschlug. Ein unendlicher Schmerz schoß auf ihn ein.

– 23 –

Das kleine Krankenzimmer war schwach beleuchtet. Am Fußende des Bettes stand eine Nonne, sah bekümmert auf die Sterbende und dann zu Dr. Notsch, der sich über das Gesicht der alten Bäuerin beugte.
»Allingerin, hörst mich?«
Die Bäuerin öffnete leicht die Augen und wandte ihren Blick zum Doktor. »Jetzt ...«, flüsterte sie tonlos, »gehts dahin mit mir ...«
»Geh weiter, Allingerin«, sagte Notsch und legte seine Hand auf die der alten Frau, »du hast es doch noch allerweil gepackt.«
»Daß ... des Sterben ... so lötz ... sein muß«, flüsterte die Allingerin, »... so ... lötz ...«
»Habts einen Wehdam, Allingerin. Ich geb dir noch was, gell«, tröstete der Arzt und gab der Krankenschwester einen Wink.

Die Nonne ging schnell aus dem Zimmer.
»Laß ned aus, Allingerin«, sagte Notsch wie beschwörend, »laß ned aus. Deine Leut brauchen dich noch. Wenn dein Bub heimkommt ...«
»Dank dir schön ... Doktor«, flüsterte sie, und matt glomm eine Zärtlichkeit in ihren Augen, »... aber der Bub kommt nimmer ... ich habs geträumt, Doktor ... daß er nimmer kommt ...«
»Geh weiter, Allingerin.«
»Geträumt, daß der an meinem Bett gestanden ist und gesagt hat, 'Mama, ich bin tot, ich komm nicht wieder', mein Bub – und dann hab ich geweint ... und mein Mann hat schon ... gesagt, jetzt bin ich narrisch geworden ... aber ich hab ihn gfragt, meinen Buben, obs ... weh getan hat, und er hat gesagt: 'Ja, Mama, so weh ...«
Der Arzt faßte die welken Hände der Bäuerin.
»Und seit dem Tag ... mag ich nimmer leben ... Doktor ...«
Der Arzt räusperte sich leise. »Jetzt bist halt müd geworden, Allingerin. Schau, morgen ...«
Sie unterbrach ihn.
»Müd, ja ...«
»Hast dein Lebtag nichts anderes getan als gearbeitet, Allingerin. Ich kenn dich ja nicht anders ...«
»Mein armer Bub ...« begann die Bäuerin leise zu schluchzen.
Eine Nonne öffnete die Tür, lief aufgeregt an das Bettende und rief gepreßt: »Herr Doktor! Herr Doktor! Schnell!!«
Notsch legte ärgerlich den Finger auf seinen Mund. »Sinds doch still! Was ist?«
»Im Gefängnis ... schnell ...«
Der Arzt erhob sich. Er fuhr noch einmal sacht über die Hände der Allingerin, die nun in tiefer Versunkenheit lag. »Sie bleiben hier«, wies er die Schwester an und verließ den Raum.
Vor der Gendarmerie hatte sich bereits eine kleine Gruppe von Menschen angesammelt, als der Arzt, der eilig einen kleinen Koffer gepackt hatte, dort ankam. Er betrat die Gendarmerie. Die Tür zum Treppenhaus war weit geöffnet, und aus dem Keller drangen Stimmen. Er hastete die Stufen hinab und sah,

wie der Wachtmeister gerade einen Körper aus dem Verlies schaffte und ihn auf den Steinboden legte. Es war Pizzini. Seine Arme baumelten leblos. Auf der Zellenpritsche saß der Russe mit versteinertem Gesicht; vor ihm kniete Mauritz List, sein Gesicht schluchzend zwischen seinen Händen verborgen.

– 24 –

Die Kälte brannte wie Feuer. Kajetan kämpfte wie ein Besessener gegen den Wunsch zu sterben, der sich wie ein Schraubstock um seine Brust legte und ihm den Atem nahm. Blind krallte er sich an den Rand des Eislochs, der ihm, als griffe er in Glas, die Finger zerschnitt. Sofort brach er wieder ein. Er konnte nicht mehr schreien, nur heiseres, keuchendes Stöhnen kam aus seinem Mund. Er versuchte zu schwimmen und fühlte, wie seine Kräfte rasch nachließen.
Da faßten seine rudernden Arme plötzlich einen Baumstamm. Er klammerte sich daran und kroch an ihm hoch. Der Stamm wippte leise, schien aber noch mit dem Ufer verbunden zu sein. Hier, in Ufernähe, war nun kein Eis mehr vorhanden. Kajetan legte sein Gesicht an die scharfen Eiskrusten des Stammes, zog sich weiter an ihm entlang und fühlte dann plötzlich Boden unter sich. Wimmernd kroch er das strauchbewachsene Ufer empor.
Wieder war ein leichter Wind aufgekommen. Er hatte die Nebeldecke aufgerissen und Fetzen des Nachthimmels freigelegt. Unbewegt standen Sternenfelder und der Mond am Himmel. Ein Hund heulte auf. Die Lichter eines Gehöfts schienen nicht mehr weit entfernt zu sein. Kajetan fühlte nun keine Kälte mehr. Taumelnd lief er zum Licht.
Er mußte wie ein von den Toten Auferstandener gewirkt haben. Die Bäuerin, die sich nur ein Schultertuch umgelegt hatte und ansonsten bereits im Nachthemd war, erschrak und bekreuzigte sich, führte ihn aber sofort zum Ofen und legte ihm Decken über die Schulter. Als Kajetan heißen Tee getrunken hatte und

wieder Wärme in sich spürte, erzählte die Bäuerin, daß ihr Mann ins Dorf gerufen worden sei, weil Fürchterliches geschehen sei, und es kein Ende mehr nähme mit den schrecklichen Sachen in der Welt.

– 25 –

Kajetan war von einer seltsamen Klarheit erfüllt, als er kurz darauf, angetan mit Hemd, Hose und Schuhen des Bauern, zum Gasthof eilte und dort die Kleider wechselte. Mit stechender Deutlichkeit nahm er Geräusche wahr und sah wie durch Glas die Mienen der Männer, die in der Gendarmerie Pizzinis zerschlagenen Körper umstanden. Der Doktor hatte ihn nach oben bringen lassen.
Kajetan trat näher. Pizzinis Gesicht war blutüberströmt. Eine klaffende Wunde zog sich von der Schläfe zum Hals.
»Ist er tot?«
»Nein«, der Doktor wandte sich nicht um. Er fühlte den Puls Pizzinis.
»Kriegen Sie ihn durch?«
Der Arzt wiegte den Kopf. »Er muß sofort rüber ins Krankenhaus.«
»Worauf wartens dann?!!«
»Auf die Tragbahre! Soll ich ihn im Rucksack transportieren?« antwortete der Arzt schneidend. In diesem Moment kamen zwei Männer mit einer Bahre zur Tür herein. Notsch wies sie an, den Verletzten vorsichtig auf die Bahre zu legen und verließ mit ihnen den Raum.
Der Bürgermeister hatte bei Kajetans Wutausbruch einen verständnislosen Blick mit Mayr gewechselt. Kajetan hatte es bemerkt.
»Alle raus«, fauchte er ungehalten, »Bürgermeister, schickens die Leut heim.«
Der Bürgermeister räusperte sich. »Gehts heim, Leut, schleichts Euch. Da gibts nichts mehr zu sehen.«

Während die Männer zögernd die Gendarmerie verließen, öffnete Kajetan die Tür zum Stiegenhaus und ging mit schnellen Schritten in den Keller.
List saß vor der geöffneten Zellentür. Er starrte zu Boden. Der Russe war verschwunden, und jetzt fiel dem Inspektor ein, daß er am Ende des Hausgangs ein offenes Fenster bemerkt hatte. Er kniete sich zu dem Gefangenen.
»Es ist nicht wahr ... der Pizzini hat dich angelogen ...« Lists Stimme war kaum zu hören. Dann hob er den Blick. »Ist er ... tot?«
»Nein, List.«
Eine Erleichterung flog über das Gesicht des Gefangenen. »Er hat gelogen ... ich hab niemand erschlagen.«
»So jähzornig wie du sein kannst, List?«
»Glaubts mirs halt. Wir sind allein gewesen. Da war niemand auf dem Hof.« Alle Kraft schien aus List gewichen. Er sank tiefer in sich zusammen und begann leise zu wimmern.
»Ich weiß«, sagte Kajetan, erhob sich und stieg langsam die Treppe hoch.
Lindinger und Mayr hatten noch auf ihn gewartet. Der Bürgermeister kam auf Kajetan zu. »Hat ers endlich zugegeben?«
»Nein ...«
»Wa ... nicht?!« Der Bürgermeister schnaubte. »Jetzt reichts mir bald mit der ganzen Gaudi!« schrie er unbeherrscht.
»Dann tuns was dazu! Herr Bürgermeister!« Auch Kajetan war zornig geworden.
»Jetzt lägs an mir?!« rief Lindinger, »was soll das heißen?«
Kajetan stützte sich auf den Tisch und beugte sich vor. »Das soll heißen, daß Sie mich – zum Beispiel – darauf hinweisen sollten, daß bestimmte Aussagen nicht stimmen können!«
»Was für Aussagen?!«
»Denkens einmal scharf nach, Herr Bürgermeister«, schrie Kajetan wütend zurück, »der Pizzini sagt bei seinem großartigen Geständnis, daß die Tote lange, blonde Haare hat!«
»Ja und ?!«
»Aber Sie«, Kajetans Finger stach in Lindingers Richtung, »Sie

wissen ganz genau, daß sie schwarze Haar gehabt hat! Kurze, schwarze Haar, Herr Bürgermeister. Nicht lang und nicht blond wie ein Engerl, Herr Bürgermeister!«
»Mein Gott«, entgegnete Lindinger, »hat er halt nicht genau hingeschaut. Ich täusch mich auch hie und da!«
»Glaub ich Ihnen aufs Wort.«
Wütend stapfte Lindinger zur Türe. Dort wandte er sich noch einmal um und sagte in plötzlich ruhigem Ton: »Ich möcht nur, daß wieder eine Ruh ist bei uns ...«
»Grad jetzt, wo's auf die Feiertag zugeht, gell?« Kajetans spöttischer Tonfall malte erneut Wut in die Züge des Bürgermeisters. Lindinger trat einen Schritt vor. »Blähns Ihnen nicht gar so auf. Meinens bloß nicht, daß unsereins blöd ist und nicht weiß, was Sie für einer sind ...«, sagte er drohend und drehte sich zur Tür. Krachend flog sie hinter ihm zu.
Kajetan sank langsam auf seinen Stuhl. Der Wachtmeister vermied es, ihn anzusehen.
»Und jetzt«, begann Kajetan nach einigen Minuten des Schweigens, »wollens von mir wissen, was der damit gemeint hat, nicht wahr? Ich sags Ihnen: Ich bin von München nach Dornstein strafversetzt worden.«
»Weiß schon.«
»Aha?«
»Weiß doch ein jeder.«
»Da schau her. Aber für was, weiß das auch ein jeder?«
Mayr schüttelte den Kopf.
»Es geht mich auch gar nichts an ...«
»Aber wissen täten Sie es schon gern?«
»Wer bin ich, daß ich Ihnen examinier? Sie brauchen mir nichts zu erklären, Herr Inspektor.«
Kajetan erzählte es ihm trotzdem. Dabei hatte er das Gefühl, als würde seine Geschichte Mayrs Haltung zu ihm ändern. Der Wachtmeister sagte nichts, als Kajetan geendet hatte, nickte aber verständnisvoll. »Glauben Sie noch immer nicht«, wechselte er dann in ruhigem Ton das Thema, »daß es der List gewesen ist?«

»Ich weiß nimmer, was ich glauben soll, Wachtmeister.«
»Aber wir haben doch ein Geständnis? Und vielleicht hat sich der Pizzini tatsächlich bloß verschaut im Finstern?«
Kajetan schüttelte den Kopf. »Wachtmeister ... es gibt Methoden, und das wird Ihnen nichts Neues sein, da kriegen Sie aus einem verängstigten Menschen alles raus. Und wenn Sie dies richtig anpacken, zeigt der sogar seine eigene Mutter an ...«
Mayr hatte dazu bedächtig genickt. »Nein«, fuhr Kajetan langsam fort, »jetzt müssen wir nochmal ganz von vorn anfangen: Da ist ein Mädchen. Die einen sagen, sie war etwas absonderlich, die anderen, daß sie es nicht gewesen sei. Es wird erschlagen. Und drei Männer brechen zur selben Zeit, besser gesagt, am gleichen Nachmittag, in das Haus ein. Alles weist daraufhin, daß sie es getan haben ...« Mayr, der sich gesetzt hatte, nickte aufmerksam.
»... und wer, außer den dreien, könnte noch einen Grund gehabt haben, sie umzubringen?«
»Vom Dorf gewiß keiner«, überlegte der Wachtmeister.
»Und welchen Grund hätten die drei Vaganten gehabt? Angst hätten sie doch vor so einer mageren Person nicht haben brauchen. Und aus Angst vor Entdeckung? Was hätte ihnen schon viel passieren können? Ein paar Wochen Zuchthaus. Und der Russ'? Den hättens auch nicht mehr erschossen. Daß der übrigens fort ist, haben Sie doch schon bemerkt?«
Mayr sprang auf und rang nach Luft. »Hab ich ... hab ich ...«
»Ja, haben Sie«, winkte Kajetan ab, »lassen Sie ihn laufen. Er kommt gewiß nicht weit bei diesem Wetter. Hockens Ihnen wieder hin. Sagens, welchen Grund hätten die drei haben können?«
Der Wachtmeister faßte sich wieder und setzte sich. Er überlegte. »Wer kann in die Leut reinschauen?« sagte er zweifelnd.
»Probieren wirs, Wachtmeister: Der Pizzini und der Russ' sind nichts als zwei arme Teufel. Der Gerissenste ist der List. Aber auch der würde sich hüten, Gewalt anzuwenden. Vergessen wir nicht, daß er schon seit Jahren auf diese Weis im Winter zu seinem Brot kommt. Und auch der Russ' ...«

»Dem wär das ja wurscht.«
Kajetan faltete die Hände und schüttelte langsam den Kopf. »Nein ... wissens, Herr Wachtmeister, wenn ich ein Gefühl hab, und genauso eins hab ich bei der ganzen Geschicht, dann ...«
»Wie ist denn der Russ' überhaupt zu den Zweien gekommen?«
»Die beiden anderen haben ihn irgendwo aufgelesen. Vielleicht ist ihnen ein anderer Klöpflgänger abgesprungen, und da haben sie ihn mitgehen lassen. Es müssen ja immer drei sein, hab ich mir sagen lassen. Und: Landstreicher halten zusammen, das ist bekannt.«
Der Inspektor lehnte sich zurück. Dünnes, fiebriges Zittern breitete sich in ihm aus. »Und was Wertvolles stehlen, das wollten sie ja auch nicht«, sprach er leiser weiter, »sonst hätten sie es ja getan. Niemand hätte sie aufgehalten. Nein«, er sah wieder Mayr an, »wir kommen da bloß weiter, wenn wir ein anderes Motiv finden.«
»Daß sie einer ...«, Mayr suchte nach Worten.
»Vergewaltigen wollte? Wär eine Möglichkeit. Gibts Burschen, die ihr nachgestellt haben? Ein hübsches Ding war sie ja.«
»Ich wüßte von keinem. Der Erber war ja auch immer dahinter. Das hätt sich keiner getraut. Der Erber hätt ihn erschlagen.«
»Der Erber ...?« Das Zittern verstärkte sich.
»Nie«, sagte Mayr bestimmt. Kajetan hörte nicht hin. »Der Erber ...«, wiederholte er, »aber welchen Grund hätte der denn haben sollen? Die Erberin? ... Nein. Nichts paßt zusammen. Ich werd auch langsam müd, und mir scheint, als hätt ich mir beim Baden doch eine Frais eingefangen.« Er versuchte zu lächeln, aber das Fieber zerrte seine Mundwinkel zu einer Grimasse.
»Da«, Mayr war aufgestanden, hatte aus dem Wandfach eine Schnapsflasche herausgenommen und ein kleines Glas eingeschenkt, »trinkens das ... Und nachher legens Ihnen gleich hin.«
Als Kajetan anschließend den nächtlichen Dorfplatz überqueren wollte, versagten ihm plötzlich die Knie. In dröhnenden Wellen breitete sich nun der Schock der Todesangst, die sein Körper in all der Aufregung vergessen hatte, aus; vor Entsetzen

schlotternd erreichte er den Gasthof. Im Hausgang brach er zusammen. Als er sein von Panik verrissenes Gesicht hob, sah er, daß die Wirtin vor ihm stand. Sie sagte nichts, packte ihn unter den Armen und führte ihn nach oben. In seiner Kammer angekommen, klammerte er sich lang und ohne Besinnung an sie. Dann übermannte ihn Erschöpfung; matt fielen seine Arme auf die dicke Tuchert, die die Wirtin über ihn gelegt hatte. Sie sah ihn eigenartig an. Dann verließ sie hastig das Zimmer.
Plötzlich schien kein Mond mehr. Draußen hatte sich wieder ein Wind erhoben. Wimmernd durchfegte er das Tal, fing sich in den Gassen und hatte die Läden vor Kajetans Kammerfenster zugeschlagen.

– 26 –

Neben einer Abraumhalde, deren Geröll, bereits von Kiefern durchwachsen, in der Tiefe des Tannenwaldes verfloß, stand, hoch über dem Talgrund, die Knappenstube. An ihren Mauern wuchs wildes, nun verschneites Gebüsch. Seit das Bergwerk nach einem letzten Grabversuch vor einigen Jahrzehnten endgültig aufgegeben worden war, diente sie nur noch Hirten und Liebespaaren als Unterstand und war immer mehr verfallen.
Das Metall des Nachthimmels hatte sich in Blau gewandelt. Während das Tal noch in dunstiger Dämmerung lag, warf die Morgensonne auf den Höhen bereits glasige Streifen an die Felswände und das Mauerwerk der Hütte. Das Innere der Knappenstube bestand aus einem einzigen Raum, der nur von einem kleinen Fenster erhellt wurde. Die schmutzigen Scheiben waren mit dichtem Frostblumengewächs verbacken; an einer Stelle war das gebrochene Glas mit einem Stoffknäuel verstopft. Auf dem Fensterbrett lag dick Staub; tote Fliegen, von Spinnen ausgesaugte Käfer und Teile abbröckelnden Verputzes waren in ihm versunken. In der Mitte der Fensterscheiben begannen die Eisblumen bereits zu schmelzen; kleine Tropfen bildeten sich und sanken auf faserige Fenstersprossen, deren verwitter-

tes Grau schon die Farbe des Kalksteins angenommen hatte, und glänzten auf glitzernden, wirr durch die Nische gezogenen Spinnweben.

In einer Ecke das Raumes, die noch nicht vom Tageslicht erreicht wurde, befand sich ein kleiner Ofen. Davor lagen Holzsplitter, trockenes Reisig, daneben, auf einem Schemel, stand ein rußgeschwärzter Topf. Über schmutzige und ausgetretene Bohlen huschte eine Maus in den hinteren Teil des Raumes, an dessen Ende sich, noch im dämmerigen Dunkel, eine schmale Pritsche befand. In zerschlissene Decken gehüllt, auf Stroh, das einmal von einem Leinensack umhüllt gewesen sein mochte, lag ein Mensch. Er schlief. Eine löcherige Decke bis unter das Kinn gezogen, atmete er unruhig. Schwarzes, verfilztes Haar fiel ihm wirr über die Stirn. Sein Gesicht war dunkel und ausgemergelt. Nur seine Atemzüge, das Huschen und Rascheln der Maus, das immer wieder abbrechende Summen einer Fliege erfüllten den Raum. Von draußen drang kein Laut.

Plötzlich öffnete der Schlafende die Augen. Er richtete sich blitzschnell auf und lauschte angestrengt. Die Stille donnerte in seinen Ohren. Die Augen des Mannes weiteten sich ängstlich. Seine Hände verkrampften sich. Er tastete in das Stroh seiner Pritsche, als suche er nach einer Waffe.

Jemand schlug an die Tür.

»Wer ist es? Luk?!«

»Mach auf«, tönte es durch die Tür, »der Erber schickt mich.«

– 27 –

»Er hätt Sie ja ruhig mit seiner noblen Chaise zurückbringen können, mit seiner gar so nobligen«, schimpfte die Wirtin, als sie das Frühstück an Kajetans Tisch trug. Die warme Nähe, die er in der vergangenen Nacht an ihr verspürte, war längst wieder ruhiger Geschäftsmäßigkeit gewichen.

Er hätte es nicht gewollt, berichtigte Kajetan, was sie aber nicht von ihrem Unmut abzubringen schien. Der Inspektor erkundig-

te sich nicht weiter, welchen Grund dieser Ärger gehabt haben könnte; zu sehr war er damit beschäftigt zu überlegen, wie er weiter verfahren könne.
Während er eine Tasse mit heißem Tee an seinen Mund führte, ließ er noch einmal alle Dinge passieren, die er in den vergangenen Stunden in Erfahrung hatte bringen können. Er blieb immer wieder an zwei Gedanken hängen: Sein Gefühl sagte ihm, daß die Vaganten unschuldig waren. Und wenn sie das Mädchen dennoch erschlagen hatten, hatten sie kein einleuchtendes Motiv für ihre Tat. Kein Richter würde jedoch auf seine Zweifel etwas geben; zu überzeugend würden alle Indizien wirken ...
»Der Thomas war übrigens heut schon da und hat ausrichten lassen, Sie möchten zu ihm rüberkommen«, rief die Wirtin durch die geöffnete Küchentür.
Kriminalrat Pointner hatte im Gemeindeamt angerufen und befohlen, Kajetan möge ihn augenblicklich zurückrufen. Kajetan bekam einen Schwall ärgerlicher Vorhaltungen zu hören.
»Aber die Ermittlungen sind doch noch nicht abgeschloss ...« versuchte er zu unterbrechen.
»Machens keine Krämpf, Kajetan«, belferte Pointner ungehalten. »Ich habe Ihnen gesagt, daß ich unverzüglich informiert werden möchte. Und? Wo sind Ihre Rapports? Wenn Sie einfachste Ermittlungen nicht ausführen können, frag ich mich, ob Sie den richtigen Beruf haben!« Pointners Stimme krächzte hart durch den Hörer.
»Der Fall liegt nicht so einfach, wie es zunächst ausgesehen hat, Herr Kriminalrat«, versuchte Kajetan zu erwidern und sah, wie der Bürgermeister verächtlich sein Gesicht verzog. Als dieser seinen Blick wahrnahm, wandte er sich ab.
»Ich hab heut nachmittag Ihren Rapport auf dem Tisch, verstanden?« drang wieder Pointners Stimme durch die Leitung, »Ihre Zeit vertritscheln könnens auch bei mir.« Er hängte ein.
Der Bürgermeister hatte sich wieder hingesetzt und sah Kajetan lauernd an. »Vielen Dank«, fauchte Kajetan und schlug die Tür hinter sich zu.

»Wie meinens des?! Herr Inspektor«, rief ihm der Bürgermeister nach. Kajetan hatte es gehört und öffnete noch einmal die Tür. »Wie ich das mein? Daß Sie sich, weil sie die unfeierliche Sach so bald wie möglich aus dem Dorf kriegen wollen, beim Kriminalrat Pointner über mich beschwert haben!« Lindinger wollte erregt widersprechen, doch Kajetan hatte bereits wieder die Tür zugeschlagen und befand sich auf dem Weg zur Gendarmerie, als er hinter sich die Stimme des Majors hörte. »Guten Morgen, Herr Inspektor«, rief dieser liebenswürdig und kam näher. Kajetan faßte sich und erwiderte den Gruß.

»Ich hab von der schrecklichen Geschichte in der vergangenen Nacht hören müssen! Das hätt ja bös ausgehen können. Warum haben Sie sich auch nicht von mir nach Hause fahren lassen wollen! Wie ...«, er veränderte die Stimme etwas, »... kommens denn vorwärts?«

Kajetan hatte wenig Lust, mit dem Major ausführlich darüber zu sprechen. »Es ist schwieriger, als wir zunächst dachten, Herr Major. Sie entschuldigen mich bitte, ich ...«

»Aber es spricht doch alles gegen diese drei Halunken, oder etwa nicht?«

»Fast alles, Herr Major.«

»Ach was!!« Der Major schien vor Neugierde zu platzen. »Aber wer sollte es denn sonst gewesen sein? Doch nicht jemand von hier?!« Er lachte. »Ich bitte Sie!«

»Verzeihens, Herr Major, ich muß jetzt ganz dringend dorthin.« Der Inspektor wies auf die Gendarmerie. Der Major verstand endlich.

»Ach ja, natürlich. Auf Wiedersehn, Herr Inspektor. Hat mich sehr gefreut.«

»Wiedersehn.«

»Und viel Glück noch, und recht viel Erfolg!«

Kajetan betrat die Gendarmerie. Mayr saß gerade bei seiner Morgenvesper. »Bleibens sitzen, Herr Wachtmeister.«

Der Wachtmeister kaute weiter, während der Inspektor in Gedanken versunken seinen Mantel an den Wandhaken häng-

te. »Wie gehts Pizzini?«
»Schlecht.«
»Schlecht?«
Mayr schluckte einen Bissen hinunter. »Schädelbruch, sagt der Doktor. Den Russen hat man übrigens heut früh in Fraunreuth aufgegriffen. Er ist gleich nach Dornstein gebracht worden.«
Kajetan setzte sich schwer an Mayrs Tisch. »Ah ja? Und wird der Doktor den Pizzini durchbringen?«
»Konnt er noch nicht sagen. Der List jedenfalls muß Fäust wie Schmiedhämmer haben. Habens was, Herr Inspektor?«
Ein plötzlicher Hustenanfall quälte Kajetan. Mayr sah ihn sorgenvoll an. »Da habens vielleicht ein Glück gehabt gestern nacht. Dem Eder sein Knecht ist seinerzeit nicht mehr herausgekommen. Dem seine Leich habens erst im Frühjahr gefunden!«
Kajetan winkte ab. »Was anderes«, sagte er resigniert, »wann geht denn das Postauto nach Dornstein?«
»Das Postauto?«
»Nach Dornstein, ja?«
»Um drei Uhr.«
Mayr hatte erstaunt geantwortet und wartete nun auf eine Erklärung. Der Inspektor stand jedoch auf und ging an das Fenster. Nach einer Weile wandte er sich um. »Wachtmeister, was machen wir jetzt? Mir fällt nichts mehr ein ...«
Mayr nickte langsam, wischte sein Messer an einem Tuch ab, faltete das Brotpapier und legte es in eine kleine Blechkiste. Dann schüttelte er kummervoll den Kopf und meinte, daß er auch noch das Alibi des Erber überprüft hätte, dabei aber auch nichts herausgekommen sei. Eine einzige, schwache Möglichkeit bestünde vielleicht noch darin, das sei ihm vergangene Nacht eingefallen, daß man den Hutterbauern noch einmal befragen könne. »Der Hof des Hutter ist gute drei- bis vierhundert Meter vis à vis vom Erber ...«, begann er zu erklären, als Kajetan schon aufgesprungen war und nach seinem Mantel gegriffen hatte.
»Kommens, Mayr!!«

Die Postwirtin hatte in aller Eile ein Pferd einspannen lassen. Wenig später erreichten die beiden Männer das Oberland. Auf einer Anhöhe im Süden der Rodung, verdeckt durch eine Tannengruppe und auf den ersten Blick nicht sichtbar, tauchte der Hof des Hutter auf. Tatsächlich würde man dort nur wenige Schritte gehen müssen, um auf den etwas tiefer liegenden Hof des Erber sehen zu können.

Der Hutter hatte ihre Anfahrt schon von weitem gesehen. Er war vor das Haus getreten und erwartete sie.

»Nein«, schüttelte er auf Kajetans Frage den Kopf, und seine Frau, die nun ebenfalls hinzukam, bestätigte es kopfnickend, »gewiß nicht. Am Sonntag war doch auch ein ziemlich grobes Wetter, gell, Nanne?«

»Nebel hat es gehabt und ein bisserl geschneit hat es auch«, stimmte die Bäuerin zu.

»Also wir haben gewiß nichts gesehen«, wiederholte der Bauer noch einmal. Enttäuscht wandte sich Kajetan zum Gehen und gab Mayr einen Wink.

»Die arme Sanne ... sie war so oft bei uns heroben ... furchtbar«, seufzte die Bäuerin. Kajetan horchte auf. »Sie war oft bei Euch?«

»Freilich«, sagte sie eifrig, und der Bauer nickte dazu, »sie und die Zilli warn ja die besten Freundinnen. Ein Herz und eine Seel ...«

»Wer ist die Zilli?«

»Die Dirn vom Hutter«, erklärte Mayr.

»Und die Zilli war Sannes beste Freundin?« wandte sich Kajetan wieder zu den Bauersleuten.

»Wie Geschwister, wenn wirs Ihnen sagen. Sie dürfte ja auch die letzte gewesen sein, die mit ihr zusammengewesen ist.«

»Wann, Hutter?« Kajetans Puls ging schneller.

»Am Sonntagnachmittag. Die Sanne hat doch aufs Haus aufpassen müssen, und die Zilli hat sie besucht gehabt.«

Auch Mayrs Atem wurde hörbar. »Was hast denn nie was gesagt, Hutter«, rief er ärgerlich.
Der Bauer hob die Schultern. »Genau gewußt haben wir es ja nicht«, erklärte die Hutterin entschuldigend, »aber seither ist die Zilli ganz auseinander, und gestern auf d' Nacht hat sie es uns erzählt.«
»Was?«
»Daß sie bei der Sanne gewesen ist.«
»Wie lang, wie lang?« Kajetans Stimme wurde drängender.
»Wann ist sie am Sonntag heimgekommen, Nanne?«
»Gegen fünf, mein ich«, überlegte die Bäuerin und nickte dann mit Gewißheit.
»Wo finden wir die Zilli? Ist sie da?«
»Sie ist ins Dorf runter, gell, Nanni?«
»Ja«, bestätigte die Bäuerin, »ich weiß nicht, was sie da sucht. Es ist ihr halt alles so arg angekommen, das mit der Sanne. Uns allen ...«
»Wohin könnt sie gegangen sein? Zu wem?«
Die Bauersleute sahen sich ratlos an. »In die Kirch vielleicht«, meinte die Hutterin dann zögernd, »sie betet in letzter Zeit recht viel ...«
»Dankschön, Hutter, dankschön, Hutterin, ich glaub«, rief Kajetan, als er den Schlitten wieder bestieg, »ich glaub, Ihr habts uns geholfen.«
»Gern geschehen«, sagte der Bauer und ging mit seiner Frau wieder ins Haus.
Bald hatten sie wieder das Dorf erreicht. Kajetan sprang ab. Er bat den Wachtmeister, in der Gendarmerie auf ihn zu warten. Mayr schien dies nicht zu verstehen, fügte sich aber. Dann ging Kajetan eilig zum Kirchhof. Er betrat die düstere Kirche; sie war leer bis auf eine alte Frau, die vor einem Seitenaltar kniete. Kajetan verließ den Kirchenraum durch das gegenüberliegende Portal. Das Leichenschauhaus lag am hinteren Ende des Friedhofs.

Dann entdeckte er die schmale, dunkel gekleidete Gestalt. Ihre Schultern bewegten sich unmerklich. Sie weinte. Schließlich kniete sie nieder, nahm einen Weihwasserbesen, bespritzte den Sarg und wandte sich zum Gehen.

»Du bist die Zilli?«

Das Mädchen erschrak. Sein verweintes Gesicht wurde ängstlich. Es antwortete nicht und wollte an Kajetan vorbeigehen.

»Ich bin von der Polizei und muß dich was fragen.«

»Ich muß heim.« Zilli senkte ihren Kopf und ging weiter. Kajetan versperrte ihr den Weg. Er sprach nun freundlich auf sie ein. »Es würd nicht lang dauern. Du bist doch am Sonntagnachmittag mit ihr ...«

Sie begann zu laufen. Kajetan setzte nach. »Zilli«, rief er ärgerlich, »ich tu dir doch nichts! Bleib da! Sofort!«

Sie schien nicht zu hören, sondern lief in wachsender Panik durch die Gräberreihen. Kajetan versperrte ihr den Weg zum Ausgang und bekam sie zu fassen, als sie an einem hohen Grabstein stürzte. Er half ihr hoch und hielt sie fest. »Bist du närrisch geworden? Polizei!«

»Laß mich aus«, weinte das Mädchen und wollte sich von ihm freimachen.

»Nichts da! Warum läufst du vor mir weg?« Sein Griff wurde fester.

»Aua!«

»Warum du vor mir wegläufst, will ich wissen. Oder hast du gar selber was angestellt?!«

Zilli schüttelte den Kopf und blickte ängstlich um sich. Der Kirchhof war leer.

»Warum läufst Du dann weg?«

Sie schniefte. »Weil ... ich mich fürcht ...« sagte sie dann und sah an ihm vorbei. Kajetan sah sie überrascht an. Doch kaum hatte der Druck seiner Hände etwas nachgelassen, riß sie sich wieder los und rannte weg. Ihr Kopftuch hatte sich gelöst, und ihr blondes Haar fiel ihr in langen Strähnen über die Augen. Mit einem Satz war Kajetan bei ihr, packte die wild um sich Schlagende am Arm und kam nun ebenfalls zu Boden. Dann, sie mit beiden Händen festhaltend, richtete er sich wieder auf.

Er fluchte.

Sie schien sich nun in ihr Schicksal gefügt zu haben und bewegte sich nicht mehr.
»Zilli – die Sanne war doch deine beste Freundin.«
Sie nickte und begann zu weinen.
»Ich will rausbringen, wer es getan hat, Zilli! Und du mußt mir dabei helfen! Du brauchst mir nur zu sagen, ob sie sich vor irgend jemandem gefürchtet hat, vor einem Burschen, vor dem Bauern, vor irgendeinem Menschen. Oder hat sie dir etwas anderes Wichtiges erzählt? Zilli«, er sprach nun fast flehentlich, »du mußt mir helfen!«
Sie streifte ihn mit einem kurzen Blick, zog den Rotz hoch und sah wieder nach allen Seiten. Kajetan folgte ihrem Blick: Der Friedhof war noch immer menschenleer; die Sicht zum Dorfplatz war durch die Sakristei und die hohe Friedhofsmauer versperrt, nur von den oberen Räumen des Krankenhauses würde man sie sehen können. Zilli schien es sich jetzt anders überlegt zu haben.
»Wenn du es niemand sagst, daß du es von mir weißt«, sagte sie, nachdem sie ihn noch einmal forschend angesehen hatte.
»Aber geh, wer soll denn dir was anhaben wollen?«
»Versprichs mir«, bestand sie. Kajetan nickte. »Ich versprechs dir. Aber jetzt sag mir endlich, vor wem du Angst hast!«
Ihr Gesicht zerfloß wieder. »Vor dem, der die Sanne umgebracht hat«, flüsterte sie dann.
»Die sitzen doch schon im Gefängnis, Zilli, vor denen brauchst dich nimmer zu fürchten.«
»Schon im Gefängnis?«
»Natürlich! Die drei Vaganten! Die meinst du doch, oder?«
Auf Zillis Gesicht wuchs wieder Verzagtheit, und wieder wurde sie von Schluchzen geschüttelt.
»Die Klöpfl-Leut warens doch nicht.« Und dann erzählte sie, immer ruhiger werdend, als fiele eine Last von ihr ab, was sie an jenem Sonntag erlebt hatte:
Sie hatte Sanne am frühen Nachmittag besucht. Nachdem diese die Hausarbeit beendet hatte, hätten beide – was sie oft und gern taten – Theater gespielt. Bauer und Bäuerin. Sanne hätte

sich dazu einen kleinen Text einfallen lassen, und gegangen sei es dabei um einen schüchternen Hochzeiter, dem seine Frau das Küssen lernen mußte. Kostüme hätten sie jedoch nicht gehabt, und deshalb sei Sanne auf den verbotenen Gedanken gekommen, das Hochzeitsgewand der Bauersleute herzunehmen; das würde schon nicht aufkommen, hätte sie gesagt, und Zilli wäre dabei nicht wohl gewesen. Auf einmal hätten sie von draußen die Stimmen der Klöpfl-Leut gehört. Daraufhin wären sie unter das Bett gekrochen und hätten gewartet, bis die Vaganten das Haus wieder verlassen hätten. Nach einer Weile, und es sei auch schon Zeit für die Stallarbeit beim Hutter gewesen, hätten sie sich wieder hervorgetraut, und Zilli wäre aus dem Haus gelaufen, während Sanne noch das Hochzeitskleid im Schrank verstaut hätte.

»Zilli, das hättest du doch alles der Polizei sagen müssen! Warum hast denn das nicht getan?«

Wieder senkte sie ihre Stimme. »Aber, wenn die mir draufkommen, daß ich was gesagt hab ...«

Kajetan nahm wieder ihren Arm und schüttelte sie leicht. »Zilli! Was ist dann? Und vor wem hat die Sanne Angst gehabt? Hat sie denn gemeint, daß ihr irgendeiner was Böses will? Raus mit der Sprach, in drei Teufels Namen!«

»Jetzt hast geflucht! Auf dem Friedhof darfst nicht fluchen!«

»Von mir aus, Zilli, dann fluch ich nimmer. Also, red!«

»Stimmt das auch, was du mir vorhin grad gesagt hast?«

»Was?!«

»Siehst du, jetzt hast du es schon wieder vergessen.«

Ihr Gesicht verschloß sich. Sie trat einen Schritt zurück und sah ihn böse an.

»Was? Ach so – nein, ich werds niemandem sagen.«

»Gwiß wahr?«

»Ganz gwiß wahr, Zilli.«

Sie schwieg mißtrauisch. Dann hob sie ihre Augen zu ihm.

»Sie hat allerweil so geheimnisvoll getan wegen denen. Sie hat gesagt, sie hätt was entdeckt, was einer anzeigen müßt.«

»Anzeigen? Was anzeigen?« Kajetans Erregung war gewachsen; er zwang sich zur Ruhe.
»Hats nicht gesagt«, erzählte Zilli weiter, »bloß allweil, 'da werden die Herrschaften aber schauen', hat sie gesagt, 'wenn ich des dem Bürgermeister anzeig', hats gesagt.«
»Und wen, hats nicht gesagt?«
Zilli preßte die Lippen zusammen und schüttelte den Kopf. Das Motiv, jauchzte Kajetan innerlich, ich habe das Motiv! Nun muß ... »Ich muß jetzt heim«, sagte Zilli.
»Eh, ja – und Zilli, sag mir bloß noch: Wie du heim bist, ist dir noch irgendwas aufgefallen?«
»Nein.«
»Denk nach! Was ... Komisches, vielleicht?«
Sie schüttelte wieder den Kopf, dann aber schien ihr ein Gedanke zu kommen.
»Bloß gewundert hab ich mich«, sagte sie dann zögernd, »daß er bei der Stalltür rein ist und nicht bei der Haustür ... Weil das hab ich noch von unserem Haus aus gesehen, wie er gekommen ist.«
Kajetan riß den Mund auf. »Wer?!«
»Na – der Bauer, hab ich gemeint.«

– 29 –

»Das ist völlig unmöglich«, hatte Mayr gerufen. Dann aber ließ er einspannen und fuhr ins Oberland. Er fühlte sich unendlich müde.

Die Familie saß gerade beim Mittagessen, als Mayr, ohne zu klopfen, die Stube betrat.
»Erber«, sagte er nur, »zieh dich an«, und der Erber hatte sich, ohne noch einmal zu seiner vor Entsetzen versteinerten Frau zu sehen und sich zu verabschieden, erhoben und war mit ihm gegangen.
Die Verhaftung ging wie ein Lauffeuer durch das Dorf, und als der Bürgermeister zur Gendarmerie eilte, versuchte die Bäckerin

mit ihm Schritt zu halten. »Warum ich das nicht gleich gesagt hätt, Thomas«, schimpfte sie beleidigt, »hab ich doch nicht wissen können, daß das so wichtig ist!«
»Ja, Bäckin«, rief der Bürgermeister ungeduldig und beschleunigte seinen Schritt, »jetzt weiß ichs langsam: Du hast den Erber am Sonntagnachmittag gesehen, wie er ins Oberland rauf ist! Das hat mir die Schneider Marie und die Hofingerin auch schon erzählt.«
Sie waren vor der Gendarmerie angekommen. Der Bürgermeister nahm die Klinke in die Hand und wandte sich noch einmal zu ihr. »Sonst habts Ihr s o eine Goschn! Aber wenn was wichtig ist, heißts: Hab ich doch nicht wissen können! Hats da nicht noch einen anderen Grund gegeben?«
Sie ging nicht darauf ein. »Wenns wahr ist, Thomas! Erst sinds rein zu ihr seiner Mutter, dann ist er wieder allein raus ins Oberland.«
»Ist schon recht, Bäckin«, unterbrach der Bürgermeister sie und wehrte sie, die einen Blick durch die Tür zu erhaschen suchte, ab. »Und dank dir schön. Aber da kannst jetzt nicht rein.«
Er trat ein.
Das Verhör war bereits beendet. Der Erber saß zusammengesunken auf einem Stuhl. Neben ihm stand der Wachtmeister mit steinernem Gesicht. Kajetan sprach mit ruhiger Stimme.
»Dann, Erber ... muß ich dich verhaften. Du stehst unter dem Verdacht, deine Pflegetochter ...«
»Warum soll ich meine Sanne umgebracht haben. Warum?«
»Das tät ich auch gern wissen, Erber.« Kajetan gab Mayr einen Wink.
»Wachtmeister, haben Sie übrigens schon angerufen, wegen dem Transport nach Dornstein?«
»Hab ich schon gemacht, Herr Inspektor«, sagte der Bürgermeister eilfertig. Doch auch er wirkte zum erstenmal erschüttert.
Der Erber war tiefer zusammengesunken; aus seinem Gesicht war jedes Lebenszeichen gewichen. Kajetan beugte sich zu ihm.

»Warum hast du es getan, Erber?« fragte er mit leiser, fast beschwörender Stimme. Doch der Bauer antwortete nicht.
»Die Sanne war ein lediges Kind von dir, mit deiner früheren Magd, ists wahr?«
Der Erber wandte den Kopf und sah zu Boden. Kajetan kam noch näher. »Du hast was mit ihr gehabt, und sie wollt dich aufbringen vor allen Leuten – wars das?«
Der Bauer preßte die Lippen zusammen und schloß die Augen.
»... aber du gibst zu, daß du am Mordtag allein zum Hof zurück bist.«
Nun schüttelte der Bauer ungläubig den Kopf.
»Sondern, Erber?«
Wieder antwortete der Erber nicht. Nun jedoch kam Bewegung in seine Gesichtszüge. Sein Kinn begann zu beben. Schluchzend begrub er sein Gesicht in beide Hände.
»Gibst du es zu, Erber?«
Weinend nickte der Erber.
»Ich seh mich ... nimmer ... raus«, stammelte er.
Die Blicke des Inspektors und des Wachtmeisters trafen sich. Um Gotteswillen, schien Mayr sagen zu wollen. Ungläubiges Entsetzen sprach aus seinen Augen.
Kajetan fühlte keinen Triumph. Er fror plötzlich. Dann faßte er einen Entschluß.

– 30 –

Der Herr Doktor käme heute erst am späten Nachmittag ins Krankenhaus, sagte die Nonne, aber der Gefangene würde leben, fügte sie mit seligem Lächeln hinzu, als sei Kajetan der Vater eines auf den Tod erkrankten Kindes. »Versuchen Sie es doch in seinem Haus – wenn es sehr wichtig ist«, hatte sie hinzugefügt und Kajetan den Weg zu Doktor Notschs Haus beschrieben.
Der Doktor hatte sich außerhalb des Dorfes eingemietet. Vom Dorfplatz führte ein kurzer Weg nach Süden; bevor er in das

Seitental des Toteissees abzweigte, stieg er zu einer niedrigen Anhöhe empor, die einen vor das Gebirge geschobenen Moränenhügel erreichte, welcher an einer Seite von einer Kiesgrube angegraben wurde. Hinter der Hügelspitze fiel der Weg noch einmal leicht ab, öffnete sich, kaum geräumt, in einer weiten Lichtung und führte dann in den Hochwald. Am Rande der Lichtung, dem östlich gelegenen Bergwald zugewandt, erhob sich das Landhaus des Doktors. Es verfügte nicht über die bergende Heimeligkeit der Bauernhäuser des Oberlandes; der senkrecht in die Luft steigende Rauch jedoch gab ihm eine freundliche, friedvolle Anziehung.
Doktor Notsch schien nicht erstaunt. »Was verschafft mir die Ehre, Herr Inspektor? Kommens doch rein und entschuldigen Sie, wies bei mir zugeht.«
Kajetan, der sich an seine heftigen Worte in der vergangenen Nacht erinnerte, trat, von der Freundlichkeit des Doktors beschämt, ein.
»Ich habe mir eben eine Tasse Kaffee aufgesetzt. Soviel bring ich gerade noch zusammen ohne meine Haushälterin. Sie trinken einen mit?« Notsch, der müde wirkte und dennoch eine ruhige Kraft ausstrahlte, schlurfte auf abgetragenen Filzpantoffeln vor ihm her und wies ihm einen Stuhl in der Wohnküche zu. Der Raum war warm: Kajetan knöpfte seinen Mantel auf, wehrte jedoch ab, als Notsch ihn ihm abnehmen wollte.
»Sie schauen aus, als ob Sie einen Kaffee brauchen könnten. Sie waren im Toteissee baden, hab ich gehört?« Der Doktor goß dampfenden Kaffee in eine Schale, schob ihn zu Kajetan und setzte sich ihm gegenüber.
»Womit kann ich Ihnen helfen, Herr Inspektor. Viel wird es nicht sein, fürchte ich«, er nahm einen Schluck, »daß der Pizzini es überleben wird, werden Sie sicherlich schon gehört haben. Ob es ein Glück für ihn ist, wird sich zeigen.« Notsch fingerte nun eine Brille aus seiner Wolljackentasche, putzte sie umständlich, setzte sie auf und sah nun Kajetan mit freundlicher Direktheit an. Das weiße Schneelicht zog eine scharfe Kontur durch sein Gesicht. »Nun, Herr Inspektor?«

»Ich komm nicht weiter, Herr Doktor ...«
Der Blick des Arztes wurde prüfend. Dann nahm er einen Schluck, kostete ihn im Gaumen und schluckte schnell. »Sie haben«, begann er dann, »herausgefunden, daß es die Vaganten nicht waren?«
»Ich hab heut morgen den Erber verhaften lassen, und er hat gestanden.«
»Weder er noch die Vaganten waren es, Herr Inspektor.«
»Was ... was macht Sie so sicher, Herr Doktor?«
»Sind Sie nicht auch sicher, daß es weder die einen noch der andere gewesen ist?« Das Brillenglas der dem Sonnenlicht abgewandten Gesichtshälfte blitzte auf. Kajetan wandte den Kopf zum Fenster und wurde augenblicklich von der hellen Schneefläche geblendet. Er rieb sich die Augen.
»Natürlich wäre es für alle das Beste«, sagte der Doktor nun mit traurigem Spott, »wenn sie es gewesen wären. Für alle – nur nicht für die Unschuldigen.«
Kajetan stieß Luft durch die Nase. »Eine hohe Meinung haben Sie ja gerade nicht?«
»Wovon? Von der Obrigkeit? Gut, Sie haben recht, aber ich, und dieser Satz ist der Wichtigste in unseren Zeiten, habe überhaupt nichts gesagt ...«
»Wieso sollte ich mit dem Luk reden?« unterbrach ihn Kajetan.
»Haben Sie es versucht? Ja? Und es ist nichts dabei herausgekommen?«
»Er hat mich bedroht und nichts als wirres Zeug erzählt.«
»Was?«
»Habs vergessen. Von Gott, der die Menschen auslacht, von Schafen, die im Loch verschwinden, von einem, der meint, fliegen zu können ...«
Für einen Moment machte Notsch einen besorgten Eindruck. Er starrte Kajetan an, sah dann jedoch aus dem Fenster. Das Weiß der Schneefläche schien sich in kaltes Grau zu wandeln.
»Wieso sollt ich mit dem Luk reden, Herr Doktor? Was hätte er mir sagen können? Etwas, das zu sagen andere zu vorsichtig oder – Sie verzeihen mir – zu feige sind?«

Notsch schien keineswegs beleidigt. Er sah kühl, fast belustigt auf. »Sie scheinen von einigen Dingen in dieser Welt keine Ahnung zu haben. Und Sie täuschen sich. Nichts, das Ihnen wirklich helfen würde, könnte ich Ihnen sagen. Und was den armen Luk betrifft, so habe ich Ihnen sehr wohl gesagt, daß er verrückt ist.«

»Warum sollte ich mit ihm sprechen?« wiederholte Kajetan.

»Luk ist verrückt, das stimmt, aber er hat die Augen eines Habichts – haben Sie einmal in seine Augen gesehen? – und er hat Momente einer geradezu brutalen Hellsichtigkeit. Wenn er mit einem Polizisten nicht sprechen wollte, dann dürfen Sie nicht mich dafür verantwortlich machen. Luk kann man zu nichts zwingen, nie mehr.«

»Erzählen Sie, Herr Doktor.«

»Es ist alles noch gar nicht so lange her. Der Luk ist zwar in Walching aufgewachsen, ist aber schon bald nach München gezogen. Ein Rebeller, wie die Leut hier sagen, scheint er von Kind an gewesen zu sein, und es hat niemanden verwundert, daß er schnell den Roten, dem Eisner, dem Landauer und dem Leviné und wie sie alle hießen, angehangen ist. Anders als sein Sohn, der, wie ihm anklagend hinterbracht wurde, sich auf die Gegenseite geschlagen hatte und sich mit den Escherich-Leuten herumtrieb. Dann, im neunzehner Jahr, bricht alles zusammen, sie kennen die Geschichte. Ein Menschenleben ist keinen Pfennig mehr wert. Reihenweis werden die Aufsässigen auf die Straße gezerrt und an die Wand gestellt. Er ist geflüchtet, hat in einer Nacht wohl die Reihen des Escherich-Freicorps durchschlichen, bis man ihn, hinter Starnberg, mit zehn anderen Kameraden aufgegriffen hat. Das Standgericht war nur noch eine Farce, wie alle Gerichte der damaligen Zeit. Die Männer sind auf einen Lastwagen und an eine Kiesgrube im Forst gekarrt worden. Das Schlachten begann. Einer nach dem anderen ist vor ihm in die Grube gefallen, und als die Reihe an ihm war, hat er plötzlich eine Stimme gellen hören: »Den nicht, des ist mein Vater!« Und er ist heimgekommen nach Walching mit schlohweißem Haar. Die Gemeinde hätte ihm einen Austrag im Dorf unten gegeben, aber er wollte in die alte Sägemühle rauf.«

Der Doktor machte eine kleine Pause, stand auf und ging zu einem kleinen Eisenofen. »Denkens nicht«, fuhr er dann fort, »daß Walching ein so verschlafenes Nest ist, daß nicht hier auch zu spüren gewesen wäre, was sich in der Welt getan hat. Und die Dinge, die der Städter schon müd abtut, und denkt, schon wieder eine neue Mod, die werden hier drinnen genommen, in Gedanken hin und her gewendet und können eine Sprengkraft entwickeln, die das Unterste nach oben kehrt. Freilich tun sich die Städterischen mit dem Fenstereinschmeißen, Anzünden und Erschießen leichter; die waren es ja nicht, die die Fensterscheiben eingesetzt haben, und wenn da einer erschossen wird, ist es ja nicht grad zu erwarten, daß es ein naher oder weiter Verwandter sein könnte. Immerhin hat es in Walching einen Bauernrat gegeben. Gandorfer hat hier viele Anhänger gehabt.«

»Der Major hat es mir bereits erzählt: der Erber ...«

»... und noch andere, so ist es, wobei der Erber zweifellos über das meiste Ansehen verfügte.«

Kajetan schien es, als hätte Notsch bei der Erwähnung des Majors verächtlich reagiert. Der Arzt hielt nun beide Hände über den Ofen, rieb sie und nahm wieder am Tisch Platz. Eine Pause entstand, die vom warmen Ton einer Standuhr gezählt wurde.

»Das Meer«, sagte der Doktor plötzlich. Kajetan setzte die Tasse ab. Die Sonne war weiter gewandert und beschien nur noch die Fensterbank. Der Doktor bemerkte Kajetans fragende Miene.

»Die Leut hier haben eine kuriose Liebe zum Meer ...«

»So?« Kajetan verstand nicht.

»Das ist es, was ich herausgefunden hab von den Leuten. Sag Ihnen, daß ihr Leben ein finsteres ist und daß sie es bedenken und ändern sollen. Und sie lächeln und sagen blöd: 'Ja, so' und sehen an einem vorbei. Es hat lange gedauert, bis ich erkannt habe, daß es nicht stimmt, daß das Leben hier, bei aller Not, bei

allen Schmerzen, kein finsteres ist. Hinter der Gleichmut funkeln die Träume, und das Gehirn saugt Worte gieriger, als je ein satt Gebildeter dazu fähig wäre. Aus Erzählungen, die anderen nichts als kindlicher Schund sind, sprießen Ideen wie Blütenbüsche und sie werden, wenn sie einmal angenommen sind, wild und stur behalten. Da ist maßloser Reichtum – nicht an Besitz, nicht an äußerlichen Dingen; nichts, was man sich an die Wand hängen oder in die Vitrine stellen könnt, es hat kaum Zeichen, kaum Worte, aber es schimmert, wenn sich Stimmklang verändert, wenn getanzt wird, wenn gejauchzt oder geweint wird. Da sind die Feste, die in den Köpfen schon lange vor der Zeit beginnen und noch lange nicht beendet sind, wenn längst wieder Alltag herrscht, und in denen die Menschen sich festlich auf den sonntäglichen Straßen ergehen. Da sind die Andachten bei verschwiegenen Treffen, Tiere, die plötzlich aus dem Dikkicht brechen, der Geruch schmelzenden Baumharzes, wenn in den Sommern die Sonne die Luft vergoldet. Kennen Sie den Geruch, Herr Inspektor?«
Kajetan hatte keine Frage erwartet. Er verneinte hastig.
»Das sind Gerüche, die wie ein Rausch wirken können. Der Geruch der nassen, sich erwärmenden Erde im Frühjahr. Die Luft, die den Schnee ankündigt. Da kann einer stundenlang sitzen mit blödem Gesicht und reist doch in seinem Innern um die Welt und weiß alles von ihr, ohne jemals sein Tal verlassen zu haben. Und ich«, seufzte Notsch, »der sein Lebtag von Büchern umgeben war, tu mich da schwer. Denn nichts drückt sich in Ziffern und Buchstaben aus, alles ist ganz und gar innerlich. Träume und Gesichte brauchen keine Niederschrift. Sie sind da, und es ist gut, daß sie da sind. Sind sie verschwunden, ist es auch gut, weil geht, was gehen will ... Wenn es dann an der Zeit ist, steigt man hinab auf den tiefsten Grund der Trauer, weilt dort still in Demut, betend zu einem Gott, und ist, wenn es wieder an der Zeit ist, eines Nachmittags wieder lächelnd im Leben. Verliert auf diesem Weg aber einer seinen Tritt, sieht er in sich und sieht da nichts mehr außer die Spiegelung seiner Not, verliert er die Hoffnung und seine

Träume – dann wird er krank. Und das ist die schlimmste der Krankheiten: wenn es hinter der Stirn schwärzer und schwärzer wird und nur noch Sterben ersehnt wird. Das hängt ab von der falschen Speis, sagen meine Kollegen, weil die Leut so schlecht essen und nichts haben, aber ich mein, daß es das allein nicht ist. Die Träume sinds, die Sehnsucht, die, werden sie den Menschen genommen, zu dieser Krankheit führen. Und da,« – Notsch lachte bitter –, »kommt ein armseliger Lazarener mit selbst nichts als Unglück und Alleinsein im Gepäck und will die Leut ändern ...«
»Und – was hat das mit dem Mord zu tun?« Kajetan war ungeduldig geworden. Der Doktor sah auf.
»Nichts«, sagte er dann müde und wandte den Kopf zum Fenster.
»Nichts?!«
Der Doktor antwortete nicht.
»Was glauben Sie, warum ich zu Ihnen gekommen bin?«
»Gewiß nicht, um sich einen Vortrag über Volkskunde geben zu lassen, vermute ich.«
»Sehr richtig!« Kajetan hatte sich wütend erhoben. »Schreiben Sie ein schönes Buch, Herr Doktor. Die Leut mögen Geschichten von idealistischen Landärzten. Ein Mord hat in Ihrem schönen Gemälde allerdings keinen Platz!«
»Oh doch!« sagte Notsch hart.
»Wie??«
»Es gibt Unterschiede, wie Sie wissen müßten!«
»Was bedeutet das?«
»Daß es Morde gibt, die aus Verzweiflung, aus Zorn, aus Eifersucht oder aus Haß geschehen. Daß es aber auch Morde gibt, die eiskalt vorbereitet und durchgeführt werden. Muß ich Ihnen jetzt auch noch einen Vortrag in Kriminalwissenschaft geben?«
»Ich verzichte. Aber ich verstehe Sie immer noch nicht. Ich hass' es, wenn mir einer mit Poesie kommt, wenn es blutig wird. Und«, Kajetan trat drohend vor, »wenn ich herausbekomme, daß Sie jemanden decken, dann ...«

»Verlassen Sie mein Haus!«
Mit Notschs plötzlicher, schneidender Energie hatte Kajetan nicht gerechnet. Er stutzte.
»Raus!« wiederholte der Doktor leiser, »Sie sind ein Dummkopf ...« Er wies auf die Tür.
Der Inspektor verließ das Zimmer. Das Tal, dessen Grund er sich mit weiten Schritten näherte, war zu einem mit wirren schwarzen Gravuren bedeckten Tableau geworden, und das zuvor noch bis weit in den Norden sichtbare Flachland verschwand bald hinter der dunklen Leiste der Vorberge. Über ihm sanken in hoher Geschwindigkeit hell und hart geränderte Wolken wie bauchige Schiffe nach Westen hinab. Über einen Abhang kroch das Postauto und näherte sich dem Dorf.
Da fiel dem Inspektor plötzlich ein, woher er den Namen des Doktors kannte! Er hatte ihn in einer Akte des Archivs gelesen: Auf das Haus Notschs war vor einigen Monaten ein Anschlag verübt worden. Die Kollegen, die mit der Aufklärung befaßt waren, hatten jedoch weder Täter noch Motive dafür finden können.

– 31 –

»Sie haben mich angenehm überrascht, Inspektor, sehr angenehm«, Kriminalrat Pointner hatte wieder Genuß an seiner Virginiazigarre, »gehns, setzens Ihnen hin. Also«, musterte er Kajetan neugierig, der sich zögernd setzte, »der Pflegevater wars, und nicht dieses Geschwerl?«
»Jawohl, Herr Kriminal ...«
»Respekt! Ich mein, daß das eine positive Beurteilung nach München geben wird! Vielleicht wirds dann ja bald was mit Ihrer Rückversetzung.« Pointner lächelte väterlich und fuhr fort. »Schauns, es hat Ihnen ja eh keiner was nachgetragen. Es macht halt jeder mal einen Fehler, und dafür muß er halt einstehen, nicht wahr. Ich weiß, was Sie sagen wollen.«

Kajetan schwieg. Pointners ungewohntes Lob verwirrte ihn. Nicht, weil dieser dafür keinen Grund gehabt hätte, sondern weil er aus Pointners Mund noch nie derartige Worte gehört hatte.

»Übrigens – Erber, Erber ... ich mein mich zu entsinnen, daß da ein Bruder einiges auf dem Kerbholz hat!«

»Ein Bruder soll vermißt sein, ja.«

»Vermißt!« dröhnte Pointner in plötzlicher Erregung, »vermißt ist gut! Der ist seit Juni '19 flüchtig, hat nach der Eisner-Geschichte den Innenminister über den Haufen geschossen und ist seinerzeit zum Tod verurteilt worden. Hat aber fliehen können und soll jetzt in Amerika drüben sein ...«

»Er ist in Ungarn.«

»Was sagen Sie?«

»Wachtmeister Mayr hat eine Haussuchung gemacht und einen Brief aus Ungarn gefunden. Das ist in meinem Rapport nicht angegeben, weil es ohne Belang zu sein schien.«

»Keinesfalls. Was stand denn in dem Brief?«

»Hier ist er.« Kajetan hatte seine Mappe geöffnet. Der Kriminalrat griff rasch zu.

»Lieber Bruder, liebe Schwägerin. In trauriger Sehnsucht ergreife ich wieder meine Feder, um Euch zu schreiben. Ich bin unglücklich, ich habe keine Ruhe und keine Rast. Verzeiht, was ich Euch angetan habe, denn ihr habt es nicht verdient. Ich muß gar nicht bei Sinnen gewesen sein, wie ich das gemacht habe. Habe mir doch nie etwas zuschulden kommen lassen ...« Pointners halblautes Gemurmel wurde unverständlich. »Abgesandt: Budapest, im Oktober 1919 ... Tja, eine interessante Familie offenbar«, sprach Pointner weiter, beugte sich etwas vor, und wurde leiser in der Stimme, »sagens einmal: dieser verdruckte Jud da in Walching ...«

»Wer?«

»Dieser Doktor Notsch, haben Sie mit dem mal geredet? Hat der Ihnen was gesagt?«

Kajetan schüttelte den Kopf. »Nichts, Herr Kriminalrat. Obwohl ich das Gefühl hab, daß er was gewußt hat.«

Pointner schien befriedigt. »Sie und Ihr Gefühl, Kajetan«, winkte er spöttisch ab, »aber lassen wir das. Nochmals: meinen Respekt. Sie sind doch auch zufrieden?«
»Doch, Herr Kriminal ...«
Pointner hob den Finger. »Aber mir kommts so vor, als tätens noch ein bisserl skeptisch dreinschauen. Was gibts denn noch?«
»Das Motiv«, räusperte sich Kajetan, »das Motiv, was hat er für ein Motiv gehabt? Ein finanzielles schon einmal nicht. Aber was ist es gewesen, was das Mädchen gegen ihn in der Hand gehabt hat?«
»Aber er hat doch gestanden, Inspektor! Jetzt kommens mir nicht wieder mit Ihrem Gefühl. Sowas gibts bei einem Polizisten nicht!«
»Es gäbe da aber noch eine Zeugin ...«
Pointner horchte auf und lehnte sich wieder zurück. Seine Freundlichkeit wich mühsam beherrschtem Ärger. »Welche Zeugin?«
»Eine Freundin der Toten. Sie hat ganz eigenartige Andeutungen gemacht, denen ich aber nicht mehr nachgegangen bin, nachdem der Erber die Tat eingestanden hat ...«
Pointner winkte ungeduldig. »Weiter?«
»Die Ermordete hätte demnach etwas entdeckt, das nicht ganz rechtmäßig gewesen sei.«
»Eben!« polterte der Kriminalrat, »vermutlich irgendeine faule Sache vom Erber. Da hätten Sie doch das Motiv.«
»Schon. Aber was war es, was das Mädchen entdeckt hat? Etwas, hat sie gesagt, 'wo die Herrschaften schauen werden', wie sie sich ausgedrückt haben muß ...«
Pointner schüttelte wieder ungnädig den Kopf.
»Das Seltsame ist nur ...« Kajetan sah zu Boden.
»Was denn?! Lassens sich doch nicht alles aus der Nase ziehen!«
»Das Seltsame ist nur, daß die Bauern untereinander nie 'Herrschaft' zueinander sagen. Auch eine Magd würde dies nicht tun, noch weniger eine an Kindes Statt angenommene Pflegetochter.«
»Nun, das kann auch so dahingesagt worden sein, Inspektor.«

»Ich weiß nicht, Herr Kriminalrat. Ich bin mir fast sicher, daß die Zeugin noch nicht alles gesagt hat.«
»Diese Zeugin, das war doch die Magd beim Nachbarbauern, wie ich Ihrem Rapport entnehme?«
»Zilli, jawohl«, sagte Kajetan schnell und bereute es im selben Moment. Er hatte dem Mädchen versprochen, seinen Namen nicht zu nennen!
»Davon les ich aber nichts in Ihrem Rapport ...«
»Es schien mir ohne Belang, nachdem sich der Erber zu der Tat bekannt hat ... Auf jeden Fall werde ich ...«
»Nun, eh, auf jeden Fall haben Sie beste Arbeit geleistet! Ich werde mich positiv für Ihre Rückversetzung nach München verwenden, Inspektor. So tüchtige Leut können auch die Kollegen droben gut brauchen. Was die restlichen Ermittlungen betrifft, können wir die getrost der Bezirksinspektion in Hallmarkt überlassen.«
Kajetan verstand noch immer nichts. »Wie bitte? Der Fall ist doch noch keineswegs abgeschlossen! Das Motiv ...«
»Wie dem auch sei. Ich hab mich so entschieden. Die halbe Bezirksinspektion ist im Krankenstand, da brauche ich Sie im Moment hier! Das wärs dann!« setzte er bestimmt hinzu, als er Kajetans verdutztes Gesicht sah, »und nochmals: meinen Respekt!«
»Aber ...«
»Das ist, wenn Sies noch nicht bemerkt haben, ein Befehl. Wegtreten!«

– 32 –

Bereits am Nachmittag hatte sich die Luft stark abgekühlt. Von Osten waren Wolken herangezogen und sorgten für frühe Dunkelheit, die nur von mattstrahlenden Lichthöfen der Straßenbeleuchtung durchbrochen wurde. Der Flußnebel war bereits über die ersten Fenster der Stadthäuser am Ufer emporgestiegen, als Kajetan die steinerne Brücke zur Neustadt überquerte. In leichter Steigung verlief eine breite Gasse schräg über den Böschungshügel und mündete auf einen Platz vor der erst im vergangenen Jahrhundert erbauten evangelischen Kirche. Von dort zweigten kleinere, parallel zum Flußtal verlaufende Gassen, für den Verkehr zu schmal und von tiefen Treppenabschnitten unterbrochen. Hier wurden die Häuser niedriger und hatten mehr und mehr dörflichen Charakter. Begüterte Dornsteiner hatten hier nie gewohnt; vielmehr war dieses Gebiet von jeher das Siedlungsgebiet der Handwerker und Taglöhner gewesen, denen früher das Wohnrecht in der Stadt verwehrt worden war.

Agnes' Vater war Arbeiter in einer Hammerschmiede unweit der Stadt gewesen. Er starb plötzlich an Schlagfluß; Agnes zählte damals noch keine zehn Jahre. Die Mutter hatte nicht wieder geheiratet. Sie zog mit ihrer Tochter in dieses kleine Häuschen in Dornstein, welches einem entfernten Verwandten gehörte.

Kajetan überprüfte den Sitz seines Kragens und klopfte an die Tür.

»Grüß dich, Paule!« Eine gutgelaunte Agnes öffnete ihm strahlend die Tür.

Das Essen stand bereits auf dem Tisch. Kajetan war hungrig.

Wohlwollend sah Agnes' Mutter zu, wie der Inspektor aß. »Schmeckts, Herr Inspektor?«

»Sehr gut, Frau Leitner, sehr gut«, lobte Kajetan höflich.

»Dann ists recht. Wanns nur schmeckt!«

Kajetan sah, daß Agnes ihr Gesicht in belustigter Kümmernis verzog. »Geh, Mama«, tadelte sie, »das sagst jetzt schon zum dritten Mal.«

Die Mutter schien es nicht zu hören. Sie hatte sich wieder über ihren Teller gebeugt. Ihre Hände zitterten leicht.

»Sie hört kaum mehr was in der letzten Zeit«, machte Agnes ein Zeichen. Kajetan nickte verstehend und führte wieder einen Bissen zum Mund. Auf dem Weg zu Agnes hatte er beschlossen, sich nicht länger über die Entscheidung des Kriminalrats zu ärgern. Alles, was an der Tat des Erber noch rätselhaft war, würde bei der Verhandlung ans Tageslicht kommen, und auch das verquere Geschwätz des Doktors war vermutlich nicht mehr als Marotte, als Wichtigtuerei eines vom Leben enttäuschten Sonderlings. Wenn nun aber seine Andeutungen doch etwas zu bedeuten hatten? Sein Geschwätz darüber, daß die Leute eine kuriose Liebe zum Meer hätten? Über Morde im Affekt und solche, die in kalter Berechnung ausgeführt werden? Weshalb hatte man einen Anschlag auf ihn verübt? Vorbei. Der Fall war ihm entzogen.

Auch Agnes aß mit gutem Appetit. Ihr Gesicht glänzte vergnügt, und ihren genüßlich kauenden Mund umspielte ein Lächeln, das Kajetan ins Mark traf. Er würde heute mit ihr schlafen; er dachte an warmes Röckegewühl, an den Geruch ihrer nackten Haut, an Karamelbonbons im Glastopf der dicken gemütlichen Ladnerin in der Nockherstraße, an Agnes' weiche, wiegende Rundheit, an ihr von ruhiger Zufriedenheit bewegtes Gesicht, an ihr fröhliches Wissen um die Macht ihrer Zärtlichkeit; er würde ihre schönen Hinterbacken mit beiden Händen umfassen, er würde, würde ...

»Schmeckts dir auch wirklich, Pauli?«

»... J-ja, wirklich, Agnes!« Er hatte sich verschluckt.

»Dann ists recht. Wanns dir nur ...« Sie unterbrach sich und sah erschrocken zu Kajetan. Dann lachten sie beide.

– 33 –

Wenige Kerzen vor dem Altar und an den beiden Eingängen beleuchteten das Innere der Walchinger Pfarrkirche. Nur die vorderen Bankreihen des ausgekühlten Kirchenraums waren besetzt. Männer und Frauen beteten getrennt.

Zwischen zwei Ministranten mit schwarzen Capes, den Blick zum Altar gerichtet, kniete nun der Pfarrer nieder und begann die Worte des Vaterunser.

»... der Du bist im Himmel ...« Die kleine Trauergemeinde fiel ein.

Hinter einigen in dunkle Nonnentracht gekleidete Schwestern kniete die Erberin mit bewegungslosem, auf ihre zum Gebet verschränkten Finger gerichteten Gesicht. In belustigtem Unverständnis hatte ihre kleine Tochter sich umgesehen, bis sie von ihrer Großmutter mit leisem Zischen zurechtgewiesen worden war. In der dritten Reihe knieten etwa zehn Frauen; die Hutterin und Zilli, der Tränen über die Wangen liefen, waren darunter.
Noch spärlicher waren die Männerbänke besetzt; nur der Hutter und zwei alte Bauern aus dem Oberland waren zu Sannes Totenandacht gekommen.
»... der Du für uns gegeißelt worden bist, bitte für uns.« Die Worte der Totenlitanei stiegen in die Düsternis des hohen, lichtlosen Kirchenschiffs. Unverständlicher Nachhall senkte sich zurück, pflanzte sich fort in die Nischen der Seitenaltäre, in denen ein von Pfeilen gepeinigter St. Sebastian seine Augen zum Himmel richtete. Die auf einer Mondsichel stehende Madonna jedoch sah mit tröstendem, friedlichen Mädchengesicht zu den Gläubigen.
Die Erberin, die mit leiser, kaum hörbarer Stimme die Gebetsworte gesprochen hatte, senkte ihren Kopf.
Dann durchlief sie ein Beben. Die alte Frau bemerkte es und wandte prüfend ihre Augen zu ihr; nun sah sie mit Entsetzen, wie die Erberin am ganzen Körper von einem konvulsivischem Zittern erfaßt wurde, das zu einem stoßenden Lachen und, immer lauter werdend, in luftschnappende Töne voller Schmerz, voller Zorn überging, bis sie sich, krampfartig mit weit geöffneten Augen und röchelnd, an der Betbank festklammerte und zusammensank. Der Pfarrer unterbrach das Gebet.
Mit wachsendem Entsetzen hatten die Betenden den Zusammenbruch der Erberin verfolgt. Schließlich stand die Hutterin entschlossen auf, ging nach vorne und führte die wimmernde Bäuerin hinaus. »Mama!« hatte das kleine Mädchen angstvoll gerufen, doch die Großmutter hatte sie fest an sich gedrückt.
Als die beiden Frauen die Kirche verlassen hatten und der

dumpfe Hall des Portals verklungen war, setzte der Pfarrer das Gebet fort.
Draußen war die Erberin auf einen Grabstein gesunken. Die Hutterin hatte sie nicht losgelassen, und nun vergrub die Erberin ihr Gesicht im Mantel der Nachbarin.
»Wird schon wieder gut, Erberin. Wird schon wieder gut«, sagte die Hutterin und strich ihr behutsam über das Kopftuch. Das Weinen der Bäuerin war in ein leises Wimmern übergegangen. »Ich ... kann ... nimmer ...«
Die Hutterin sah auf. Aus dem Gasthof, dessen Tor man durch den Friedhofseingang sehen konnte, war eine Gestalt getreten. Sie war bald in der Dunkelheit des unbeleuchteten Platzes verschwunden; die Hutterin hatte jedoch für Sekunden erkennen können, daß es ein junger Mann war, und daß sie ihn schon einmal gesehen hatte.

– 34 –

Agnes zog ihr Kopftuch fester. »Jetzt, in der stillen Zeit hat nur noch der Hellbräu offen«, sagte sie und hakte sich bei Kajetan ein. »Du zitterst ja? Du hättest Dich doch wärmer anziehen sollen.«
Kajetan hüstelte leicht. »Es geht schon. Aber seit ich in ins Wasser gefallen bin, läßt mich der Husten gar nimmer aus.«
Sie gingen durch den Nebel zum Fluß. Die Luft roch nach Holzfeuerrauch, der zur Erde zurückgedrückt wurde.
»Man übersteht alles, wenn man es überlebt«, witzelte Kajetan. Agnes drängte sich an ihn, als sie die Brücke überquerten. Die Gasse zum Stadtplatz war menschenleer. Plötzlich fluchte Kajetan.
»Was ist, Paule?«
»Der Schuster! Ich hab dem Schuster zugesagt, daß ich ihm das Geld für meinen Schuh vorbeibring!«
Die Werkstatt des Schusters war bereits dunkel, nur aus einem Fenster hoch über der Gasse drang schwach Licht.

»Kannst doch morgen auch noch machen«, beschwichtigte Agnes, »der Pointner heute, ha?«
»Was ist mit dem?«
»Der war ja wohl mächtig zufrieden mit dir!«
»So? Hast wieder spioniert? Bei dir, mein ich, muß einer aufpassen!«
»Das ist wahr!« lachte sie vergnügt, »und mit wem du in Walching herumpoussiert hast, krieg ich auch noch raus!«
»Nie!«
»Du«, drohte sie mit gespieltem Ernst und blieb stehen, »ich sags dir! Ich versteh keinen Spaß!«
»Das merk ich«, antwortete Kajetan ernst und umarmte sie. Sie gingen glücklich weiter.
»Richtig erleichtert ...«
»Du?«
»Nein – der Pointner, wie du mit ihm telefoniert hast!«
»Dann wundert mich bloß eines«, Kajetan keuchte etwas, als die Steigung zunahm, »warum er mir die Geschichte wieder weggenommen hat! Es war noch überhaupt nichts klar!«
»Jetzt tät er dich halt hier brauchen, hat er gemeint. Aber ...«, ihre Stimme wurde ernster, »vielleicht gehts ja eh bald wieder zurück nach München.«
Kajetan sah sie kurz von der Seite an. Er würde in München einer Frau etwas erklären müssen, und er würde dafür Sorge tragen müssen, daß nichts, was als Wurfgeschoß zu verwenden wäre, in der Nähe ist.
»Eh ... hat der Pointner das gesagt, Agnes?«
»Ja ...«, sie hatten nun den Stadtplatz erreicht, »ich freu mich ja für dich. Aber ... schad ists schon ... Paule«, sagte sie mit leichtem Tadel, »geh nicht so schnell. Wart ein wenig. Ich hab grad so ... so ein Ziehen.«
Er führte sie unter die Arkaden des Stadtplatzes. »Möchtest dich ein bissel hinsetzen?«
Sie nickte. Sie nahmen auf einer Steinbank Platz. »So ein ... seltsames ... Ziehen«, wiederholte sie gepreßt und legte ihre Hand auf ihren Bauch, »da herum ...«

Kajetan folgte den Bewegungen ihrer Hand. Seine Augen wurden größer.
»W-wo?« stotterte er und unterdrückte ein Husten.
Sie deutete die schmerzende Stelle genauer. Der Magen!
»Da, glaub ich«, lächelte sie nun, »aber es vergeht schon wieder.«
»Da hast gwiß was nicht vertragen, Agnes«, sagte Kajetan erleichtert. Agnes sah ihn zärtlich an. »Ich weiß nicht.«
»Agnes, mich frierts ein bisserl. Gehts wieder?«
»Mir ist ganz warm.«
»So?«
»Ja.«
Sie nahm seine Hand und zog ihn hoch. Auf der anderen Seite des Platzes schimmerten die Lichter des Gasthofs.
»Jetzt könnt ich ein Viertel Wein gut vertragen«, Kajetan beschleunigte seinen Schritt. Sie schien ihn bremsen zu wollen.
»Aber vielleicht wirds ja doch nichts mit München.«
Er sah erstaunt zu ihr. »Wieso auf einmal nicht?«
»Wie du heut vom Pointner raus bist, war er auf einmal ganz aus dem Häusl und hat wie ein Wilder in der Gegend rumtelefoniert. Und auf dich war er auf einmal gar nicht mehr gut zu sprechen. Gell«, sagte sie triumphierend, »das weißt noch nicht?«
Er blieb stehen und sah sie verständnislos an. »Aber mich hat er über den Schellnkönig gelobt! Hätt grad noch gefehlt, daß er mir eine Virginia anbietet!«
Sie lachte. »Das tut er nur bei seinen alten Kameraden, Paule, so eine Ehr kriegst Du nie! Beim Major Rupp von Walching zum Beispiel ...«
»Der ... der ... Pointner kennt den Rupp?«
«Warum auch nicht? Sie waren wohl im Krieg zusammen. Mit dem hat er übrigens am längsten telefoniert. Was, hab ich nicht hören können, weil er mich zum Wimmer geschickt hat. Grad extra! Als wenn mich interessieren tät, was er mit seinen ...«
»Mit dem Major Rupp von Walching?!«

»Putz dir die Ohren, Paule. Mit genau dem. Wie ichs dir sag. Warum auch nicht?«

»Ja ... ja. Da schau her.« Er ging langsamer.

»Jetzt geh weiter!« sagte sie ungeduldig, »erst rennst, dann tritschelst wieder umeinander.«

»Ja ... ja. Mir scheint, daß ich tatsächlich hie und da ein bissel langsam bin ...«

»Hie und da schon, Paule«, grinste sie.

Als sie das Gasthaus betraten, passierten sie im Windfang ein einige Wochen altes Plakat, das eine politische Versammlung ankündigte. Das »Dornsteiner Wochenblatt« hatte damals den Hauptredner, einen unangenehmen Maulauf namens Adolf Hitler, als den »bayerischen Mussolini« bespöttelt und die Frage gestellt, ob schon wieder einmal Vorbereitungen für einen Putsch im Gange wären. Der Herausgeber war danach in der Bezirksinspektion erschienen und hatte über mehrere anonyme Drohanrufe geklagt.

– 35 –

Als sie einen kleinen Tisch im leeren Nebenraum gefunden und beide je ein Viertel roten Wein bestellt hatten, bemerkte Agnes mit Sorge, wie sich Kajetans Zustand veränderte. Eine flirrende Unruhe hatte ihn plötzlich erfaßt.

»Es müßt sich jemand um dich kümmern, Paule«, riet Agnes mütterlich. Seine Züge zerflossen. Sie solle still sein, bat er flehend, alles täte so weh. Dann sprang er wie ein Verrückter hoch und rannte in panischer Eile aus dem Gasthaus.

Während er wenig später sein Fahrrad aus dem Hausflur zerrte und sich auf den Sattel warf, war in Walching die Totenandacht für das ermordete Bauernmädchen zu Ende gegangen, und hatte Zilli sich bereits auf den Heimweg gemacht. Die Hutterin hatte ihre Nachbarin schon früher nach Hause geleitet, die Tochter sollte diese Nacht bei der Großmutter bleiben, und der Bauer blieb zu einer Zusammenkunft noch eine Weile im Dorf.

Mit einigen Frauen hatte Zilli noch ein Stück gemeinsamen Weges, dann fand sie sich allein, schlang ihr Schultertuch fester um Kopf und Schultern und schritt eilig vorwärts.
Bald hatte sie den Bergwald erreicht, in welchem sie nun wie in einem geheimen Gang verschwand. Sie kannte den Weg, der jedoch nur noch mit Mühe zu erkennen war. Von Schnee beladenes Dickicht drängte sich heran, und über ihr wanderte der Mond hell hinter wirr verflochtenem, schwarzem Gitterwerk. Stellen völliger Finsternis wechselten mit hellen, mondbeschienenen Plätzen. Sie ging mit sicheren, weit ausholenden Schritten. Die Steigung nahm zu. Ihr Atem ging heftiger, und krachend brach nun ein mürber Ast unter der Last des Schnees. Ein Schreck fuhr an ihr Herz. Angstvoll blieb sie stehen und lauschte in die Dunkelheit.
Als sie den Weg fortsetzen wollte, hörte sie erneut Geräusche. Es waren kraftvolle, stumpf knirschende Tritte, und sie kamen rasch näher.

– 36 –

Mit wütender Kraft trat Kajetan in die Pedale des Fahrads; schon bald, nach der ersten Anhöhe vor der Stadt, hatten Oberschenkel und Knie zu schmerzen begonnen. Seine Bewegungen glichen gleichmäßiger, harter Mechanik. Im schwachen Schein der Lampe glitzerte frostverbackener, feinzackiger Schotter und mischte sich mit glatten, eisgrauen Platten. Dünne Fetzen hochstehender Wolken schoben sich vor den Mond, dann wieder lag die Fläche stählern grau vor ihm.
Es war still; nur das Ächzen des Gestänges, das feine Abspritzen splitternder Eiskörner und sein eigener, keuchender Atem drangen an Kajetans Ohr.
Frische Frostluft flog heran. Kajetan sog sie tief ein, und als er die erste Anhöhe überquert hatte, brannten Gaumen und Luftröhre, als zögen mit jedem Atemzug rostige Ketten durch seine Kehle. Sein Herz pochte, und von Rücken zu Brust

blitzten Schmerzen in wirrem Zickzack. Garben farbig blitzender, tanzender Sterne schoben sich vor seinen Blick, dann, in rasender Abfahrt, vorbei an unbeirrt in die Tiefe stelzenden Strommasten, lag wieder alles in stechender Klarheit.
Wieder hob sich die breite Chaussee auf einen Hügel und mündete in ein Waldstück. Äste fingerten in das Nachtblau des Himmels, hinter ihnen eilte die grüngraue, ovale Scheibe des Mondes nach Süden und warf zerstreutes Licht auf die Straße. Dann breitete sich eine weite Fläche, glitzernd wie Aluminium, aus. Kajetan wußte nicht und wußte es doch, warum nun unbeschreibliche Angst jeden Schmerz in mürber Taubheit versinken ließ.

– 37 –

Zilli war zunächst wie angewurzelt stehengeblieben. Dann eilte sie weiter. Der steile Weg führte nun in engen Kurven durch den Wald. Nur an den Kehren bildete er kleine, mondbeschienene Lichtungen. Immer wieder sah sie sich um, ohne ihre Schritte zu unterbrechen, doch die dunkle Masse des Waldes schob sich vor ihre Sicht. Sie atmete heftig mit geöffnetem Mund. Ein plötzlich einsetzender, brennender Schmerz in der Lunge machte sie benommen. Sie blieb stehen und hörte für eine Weile nichts als das heftige Pochen ihres Blutes. Dann wieder die Schritte, in schrecklicher Gleichmäßigkeit, näher und näher.
Im Licht des Mondes tauchte die Gestalt eines hochgewachsenen Mannes auf. Sie begann zu laufen. Schon war die Silhouette ihres Verfolgers wieder im undurchdringlichen, massigen Geflecht des schwarzen Waldes versunken, als sie zu Boden fiel. Dann hörte sie die Stimme des Mannes.
»Gehns, Zilli, was laufens denn so?«
Sie richtete sich auf. Sie kannte die Stimme. Sie hatte sie schon einmal gehört, als sie beim Waldfest von einem gutaussehenden jungen Mann zum Tanz geholt wurde. Er hatte beste Manieren

gezeigt, und sie hatte ihm danach ein paar, doch nicht allzu viele nutzlose, zärtliche Träume geschenkt.

»Ach«, schnappte sie in törichter Erleichterung, »Sie, Herr Leutnant, und ich hab schon Angst gehabt, der Boandlkramer ist hinter mir her.«

Der junge Mann, dessen Gesicht vor dem hellen Mond stand, lachte. Was das für ein seltsames Wort sei, wollte er wissen. Daß die Leute hierzulande den Tod so nennen würden, erklärte sie, sich aufrichtend.

– 38 –

Nichts hatte er gesehen. Nur, daß sich vor einer engen Kehre nach einem steil abfallenden Wegstück plötzlich ein blendend weißes Tuch vor ihm entfaltet hatte. Als hätte das Fahrzeug wie ein lauerndes Tier hinter der Kurve auf ihn gewartet und sei mit bösartigem Getucker auf ihn zugesprungen, hatte es ihn überrascht, ihn zu heftigem Bremsen, Rutschen und zum Sturz über die Böschung gebracht. Nach mehreren Überschlägen war er im Bett eines vereisten Baches gelandet, Füße, Arme und Hals närrisch verschlungen im Gestänge des Fahrrads und zwischen verschneitem, schlingenden Böschungsgewächs. Er war für einige Sekunden reglos liegengeblieben, hatte neben seinem Ohr das unter dem Eis verborgene Glucksen des Wasserlaufs gehört und über sich die von achtloser Hand verschleuderten Fetzen spinnwebfeiner, blauer, schnell wandernder Wolken wahrgenommen. Er mußte plötzlich lachen. In den Speichen des Rades hatte sich zähes Gestrüpp verfangen; Kajetan, der noch immer haltlos und in hohen Tönen kicherte, kam nun wieder in den Stand. Er zerrte das Fahrrad aus dem Gestrüpp und suchte im tiefen Schnee Tritte zur Straße. Dort angekommen, wischte er sich den Schnee aus dem Gesicht und betastete die Reifen des Fahrrads. Sie schienen noch in Ordnung zu sein. Er stieg auf und trat in die Pedale. Es ging ungewöhnlich schwer, und ein schabendes Rascheln eines Schlingarms zwang

ihn erneut zum Abstieg. Als er schließlich seinen Weg fortsetzte, bemerkte er, daß das Vorderrad einen Achter hatte.
Dann sah er das Walchinger Tal unter sich. Es mußte schon spät über der Schlafenszeit sein, dennoch schien das Dorf hell erleuchtet wie zu fröhlich sommerlicher Festlichkeit. Das verbogene Vorderrad rüttelte heftig, als er die in den Talgrund führende Straße herabrollte und schließlich den Dorfplatz erreichte.

– 39 –

Die Gemeinde war in loderndem Aufruhr. Gemeindeamt und Gendarmerie waren erleuchtet, Männer liefen über den Platz, sammelten sich in Gruppen, schrien erregt. Noch immer öffneten sich Türen, warfen lange Lichtkanäle, die von hastig Heraustretenden zerstört wurden. Die Wirtin hatte Kajetan als erste entdeckt.
»Herr Inspektor! Gut, daß Sie da sind! Was Furchtbares ist passiert!«
»Wo ist die Zilli?«
Die Wirtin erschrak über die in bellendem Keuchen hervorgestoßene Frage, dann wies sie mit dem Kopf in Richtung des Krankenhauses.
»Nein!« schrie Kajetan. Er rannte, die Menschen zur Seite stoßend, zum Friedhof, durch die Gräberreihen zum Krankenhaus und riß die Tür des Operationssaales auf.
Zilli lag mit wächsernem Gesicht auf dem Operationstisch. Doktor Notsch fuhr böse herum. Eine Nonne ging entschlossen auf Kajetan zu und wollte ihn hinausdrängen; er schob sie jedoch mit heftigem Griff beiseite und trat einen Schritt näher. Der Doktor richtete sich langsam auf.
»Ich verfluch Sie«, sagte er mit mühsam gebändigter Wut, »Sie wußten, in welche Gefahr Sie das Mädchen bringen würden, wenn Sie ihren Namen angeben! Hinaus!« Sein Arm stach wie ein Speer in Kajetans Richtung. Der Inspektor wich zurück.

»Das ... das wollt ich nicht, Zilli«, stammelte er, machte entsetzt kehrt und lief aus dem Raum.
»Tür zu, Schwester«, befahl der Arzt beherrscht und wandte sich wieder zu dem Mädchen. Ihre Augen waren geschlossen. Notsch hatte nur noch einen schwachen, unregelmäßigen Puls erfühlt. Ihre Verletzung würde nicht zum Tod führen, hatte er bald erkannt. Viel gefährlicher aber war, daß sie sich in einem extremen Schockzustand befand.
Kajetan hatte sich auf einen Grabstein gestützt. Die körperliche Anstrengung der vergangenen Stunden riß jede Beherrschung fort. Er weinte verzweifelt. Verzeih mir, verzeih mir, wiederholte er wimmernd.
Da fror Kajetan plötzlich, und nun, als hätte das Schluchzen seine hart verkrampften Glieder friedlich gelöst, fühlte er eine gänzlich neue Kraft in sich. Er eilte zum Dorfplatz. Dort erfuhr er, daß die meisten Männer des Dorfes bereits auf dem Weg zum Bergwerk waren, in dem der Mann, der Zilli überfallen hatte und vermutlich auch Sanne ermordet hatte, vermutet wurde. Vom Talgrund war am Steilhang des südlichen Massivs eine sich langsam höher bewegende Raupe von dünn flackernden Flammen zu erkennen.
Ein Dorfbauer, der seine Pferde eingespannt und eine Gruppe Männer bereits auf dem Schlitten versammelt hatte, ließ Kajetan aufsteigen; bald hatten sie einen Holzlagerplatz unterhalb der Knappenstube erreicht. Von hier aus waren bereits die erregten Stimmen der Männer zu hören.
In den Schnee gesteckte Fackeln ließen die Knappenstube wie ein Stadthaus erstrahlen. Hastig liefen Männer einen schmalen, in leicht ansteigender Schräge verlaufenden Pfad entlang; andere kamen zurück und drängten sich zu einer Gruppe, die sich um den Bürgermeister gebildet hatte.
Mayr wandte sich um. »Herr Inspektor!? Sie sind ...?! Ich hab gedacht ...!?«
»Bericht, Herr Wachtmeister!«
»Er ... er wollt die Zilli umbringen. Der Hutter hat sie schreien gehört. Da ist er abgehauen. Hier rauf!«

»Wer?«
Der Bürgermeister trat hinzu. »Der Irgl.«
»Wer ist der Irgl?«
»Ein Lump!« schrie einer der Männer, und die anderen stimmten empört zu.
»Kein Hiesiger«, erklärte der Bürgermeister, »ein Gelegenheitsarbeiter.«
Einige Männer kamen schnell den Weg herunter gelaufen. Der Bürgermeister ging ihnen einige Schritte entgegen. »Habts ihn schon?« rief er mit Feldherrenstimme. Die Männer schüttelten den Kopf.
»Machts das Maul auf!« setzte der Bürgermeister nach. Kajetan trat an seine Seite.
»Halts Maul, Lindinger«, sagte er leise und drohend, ohne ihn anzusehen. Er wandte sich an die Männer.
»Habt Ihr seine Spur verloren?«
»Nein«, antwortete einer, »er ist ins alte Silberloch rein. Da kommt er uns nicht mehr aus.«
Der Mund des Bürgermeisters stand noch immer offen. Dann japste er: »Was erlauben ...«
Kajetan sah in sein Gesicht. »Wir haben nachher noch was zum Reden, Bürgermeister. Darüber beispielsweise, warum du partout gemeint hast, daß die Sanne verrückt gewesen ist. Und ob es nicht sein kann, daß sie vor einigen Tagen bei dir eine Anzeige gemacht hat, die aber nie weitergeleitet worden ist. Zumindest nicht dorthin, wo sie hingehört!«
Lindingers Gesicht hatte sich verändert. Bevor er etwas entgegnen konnte, hatte Kajetan sich jedoch verächtlich abgewandt und dem Wachtmeister gewunken.
»Worauf wird gewartet?« Dann stieg er, von Mayr und den anderen Männern gefolgt, zum Stolleneingang hoch.
Bald hatten sie, durch hohen Schnee watend, ein kleines Plateau am Fuß einer senkrecht stehenden Felswand erreicht. »Das Silberloch«, hatte Mayr ihm unterwegs schwer atmend erklärt, »ist ein altes Bergwerk, das vor guten hundert Jahren aufgelassen worden ist, soviel ich weiß.« Etwa vierzig Männer hatten

sich vor der niedrigen, schon zur Hälfte von Geröll verschütteten Stollenmündung versammelt. Zornige Erregung machte sich lautstark Luft.
»Komm raus, du Mörder! Du Verbrecher! Du hast auch die Sanne auf dem Gewissen, du Hund!« Sie brüllten es in die Tiefe des Stollens, und ihre Stimmen klangen hallend in die Finsternis.
»Ruhe!!«
Alles drehte sich zu Kajetan und Mayr. »Ist er da rein?!« Die Männer nickten.
»Und worauf wird gewartet? Daß er von selber wieder rauskommt?«
Niemand antwortete; verlegen sahen einige zu Boden. Schließlich räusperte sich der Wachtmeister. »Das Silberloch ist nicht bloß einfach ein Stollen, sondern das ist ... ein Gewirr von Höhlen und Gängen und senkrechten Schächten und zum Teil schon eingefallen ...«
»Und wer weiß«, setzte ein Bauer trotzig hinzu, »ob er nicht ein Gewehr hat?«
»Hat er nicht.« Ein junger Mann hatte widersprochen.
»Wie willst Du das wissen?!« höhnte der erste.
Der junge Bauer antwortete bestimmt: »Weil wir schon so nah an ihm dran waren, daß er herschießen hätt können.«
»Also«, ergriff Kajetan das Wort, »wer ist dabei?!«
Er ließ sich eine Fackel geben und ging zum Stolleneingang. Mayr und die Männer folgten ihm; einige zögerten, doch dann betraten alle gebückt den Gang, der sich nach wenigen Schritten nach oben weitete.

– 40 –

Eine Gestalt hetzte geduckt in die Tiefe des Felslabyrinths. Bald hatte sie einen weiten, hohen Felsendom erreicht, bewegte sich, mit seiner Fackel nach einer Markierung an der Felswand suchend, nach links, hastete an mehreren niedrigen Stollen-

mündungen vorbei, blieb stehen, trat einige Schritte zurück und betrachtete prüfend ein in den Stein geritztes Zeichen. Dann verschwand sie in der Öffnung des damit markierten Stollens.
Auf der gegenüberliegenden Seite des Felsdoms hatten sich Steine gelöst und klickerten einige Meter tiefer; dann ein Geräusch, als atme jemand.

– 41 –

Der Stollen stieg leicht an. Der beißende Qualm der Pechfackeln zog in die Tiefe des Berges. Niemand sagte ein Wort. Die Männer erreichten bald eine mit dicken Stämmen abgestützte Strecke. Schmieriger Lehm hatte sich an den Balken abgesetzt, und an mehreren Stellen waren sie schon bedenklich herabgesunken.
»Obacht, Männer, duckts Euch«, rief Mayr zurück. Kajetan war schon einige Schritte vorausgegangen und hatte das Ende des »Baues« erreicht.
Hier krümmte sich der Stollen leicht und führte nun in waagrechter Richtung weiter. Im Fackellicht tauchte eine hohe, in die Wand eingelassene Kassette auf. Ihre Türen standen offen, und darin lagen offensichtlich neue, gebrauchsfertige Fackeln.
»Was ist das, Mayr? Der Mörtel ist doch noch keine hundert Jahr alt? Das Bergwerk ist doch angeblich schon seit hundert Jahren aufgelassen?«
»Schon, aber der Herr Major hat das Bergwerk nochmal untersuchen lassen, ob es noch was hergibt.«
»Das Bergwerk gehört dem Major?«
»Ja. Er hats nach dem Krieg gekauft, und ein' Teil des Waldes dazu.«
Kajetans Puls ging schneller. Nun würde nur noch ein winziges Detail nötig sein, um den Mörder Sannes überführen zu können.

Plötzlich schien der Qualm von einem gewaltigen Luftzug fortgesogen zu werden, und nach wenigen Schritten betrat er staunend eine Halle. In stummer Ehrfurcht folgten die Männer. Die Fackeln erleuchteten einen hohen, etwa hundert Quadratmeter großen Raum, dessen Decke sich in der Finsternis verlor. Im flackernden Licht waren, tief im Lehm versunken, verrottete Loren und verstreute, modernde Hölzer zu erkennen. Klackend fielen Wassertropfen in die Tiefe, und jedes Geräusch hallte dumpf und kalt nach. Einer der Männer, dessen Augen suchend in der weiten Halle herumstrichen, erstarrte plötzlich.

»Der ... der ... ewige ... Bergmann ...«, stammelte er entsetzt und bekreuzigte sich. Alles drehte sich nach ihm um und folgte dann der Richtung seines Blickes.

Auf einer niedrigen Anhöhe, von der dunkel ein Stollen in die Tiefe des Berges führte, und nur schemenhaft durch den Fackelrauch zu erkennen, stand ein Mann.

Auch Kajetan war erschrocken stehengeblieben. Er kniff die Augen zusammen, dann fingerte er an Mayrs Pistolengürtel, entnahm dessen Pistole und ging einen Schritt vor. Das entsetzte Gemurmel der Männer war zu einem erregten Geschrei angewachsen.

»Ruhe!!« brüllte Kajetan laut, »Hände hoch!«

Die Gestalt hob wie in unendlicher Erschöpftheit die Hände.

Ein Tumult brach los. Die Bauern rannten an Kajetan vorbei, stürzten in den hinteren Teil der Halle und krochen den lehmigen Abhang empor. Sie packten den Mann, zerrten ihn aus dem Stand, und, den anderen entgegen, auf den Hallenboden. Wie von Sinnen schlugen sie auf ihn ein.

In ohnmächtigem Zorn fuhr Kajetan zwischen das Knäuel der Leiber. »Loslassen«, schrie er mit sich überschlagender Stimme, »loslassen!!«

Die Männer ließen murrend von dem am Boden Liegenden ab.

»Aufheben!« befahl Kajetan und riß einige der Männer, die noch mit erhobenen Fäusten am Boden knieten, zurück. Mayr trat vor, schob seine Arme unter den Liegenden und richtete ihn auf. Er schien kaum Gewicht zu haben. Langsam hob der Mann

den Kopf. In Mayrs Gesicht zeichnete sich ungläubiges Erstaunen, das sich auf die Umstehenden fortsetzte.
»Aber ... das ist doch ...«, schnappte der Wachtmeister nach Luft.
»... der ... aber, das gibts doch gar nicht ...«, flüsterte ein Bauer. »Der ... Matros, der Lois!«
Kajetan sah zu den Sprechenden, dann wieder zu dem abgezehrten, mit schmutzig zerschlissenem Tuch bekleideten Mann. »Die Leut haben eine kuriose Liebe zum Meer«, fielen ihm Dr. Notschs Worte ein. »W e r ist das? Ein Matrose?«
Mayr vergewisserte sich kopfschüttelnd und schluckte.
»Tatsächlich ...«, räusperte er sich und wandte sich zu Kajetan, »das ist dem Erber sein Bruder ... Lois!« rief er wieder fassungslos, »Lois, was suchst denn du da herinnen? Es hat doch geheißen, du wärst auf Amerika?«
Lois wandte den Kopf leicht zu ihm. Eine namenlose Müdigkeit sprach aus seinen zerstörten Zügen. Er schwieg und senkte den Kopf.
»Also, das ist nicht derjenige, der die Zilli überfallen hat?!« sagte Kajetan nun ungeduldig. Der Hutter bestätigte es. »Nein! Das war der Irgl! Ich hab ihn doch gesehen!«
Mayr hatte noch immer nicht die Fassung wiedergewonnen. Wieder schüttelte er den Kopf und sah Lois an. »Sag, Lois ... es hat doch allerweil geheißen ... du ... mit dem Schiff ...« Dann wandte er sich zu Kajetan, »Melde gehorsamst, das ist dem Erber sein Bruder.«
»Danke, Wachtmeister, jetzt weiß ichs. Es ist der, dessen ungarische Brieferl so verdächtig offen umeinand liegen.« Eine innere Heiterkeit hatte sich bei Mayrs offensichtlich gespielter Fassungslosigkeit in ihm ausgebreitet, und zufrieden stellte er fest, daß er ein weiteres Stück vorwärtsgekommen war. Das also mußte es gewesen sein, was am Verhalten des Erber so unverständlich gewirkt hatte. Er hatte seinen von der Polizei gesuchten Bruder hier versteckt! Und sich vermutlich mit ihm am Mordnachmittag getroffen.
»Aber wo, zum Teufel, ist der andere?!«

Mayr trat zu Lois. Bevor er jedoch eine Frage stellen konnte, hob der Bruder des Erber matt den Arm, wies auf einen Stollen auf der gegenüberliegenden Seite und sagte kaum hörbar: »Da ... ist er rein ...«
Entschlossen wies Kajetan auf zwei Männer. »Du und du – ihr bringt den Mann runter zur Hütte. Die anderen folgen mir! Hat jemand den Ausgang markiert?«
Einer der Männer lief zurück und ritzte ein großes Kreuz an die Stollenwand. Dann gingen alle, Kajetan und Mayr voran, in den von Lois bezeichneten Gang.
Er war glatt in den Fels gehauen und merklich niedriger als der Zugangsstollen. Ein dünnes Rinnsal hatte sich in der Mitte des Stollenbodens gebildet; der Rauch der Fackeln füllte wieder den Gang. Die Männer husteten.
»Und ich hab mich schon gewundert«, keuchte Mayr hinter Kajetan, »daß die Knappenhütte offenbar bewohnt war, wo doch seit hundert Jahr hier kein Betrieb mehr ist.«
»Und mich wundert, daß Sie mir weismachen wollen, daß Sie überhaupt keine Ahnung davon gehabt haben, daß der Erber seinen Bruder irgendwo am Berg versteckt«, antwortete er in freundlichem Tadel, »wo doch bei Euch jeder jeden Husterer vom anderen weiß!«
Mayr rutschte aus und fiel unsanft auf den Boden. Patschend setzte er sich in eine Pfütze. Der Troß hielt an. »Was ist los?« wollten die Männer, die keinen Blick auf Mayr hatten, wissen. »Der Adam ist ausgerutscht!« schrien die Männer nach hinten und griffen ihm unter die Arme. Mayr wehrte ab und richtete sich verlegen auf. »So schnell sitzt einer drin in der Soß!«
»Da haben Sie recht«, bestätigte Kajetan halblaut, »gehts? Kommens! Und denkens Ihnen nichts. Sie sind schon in Ordnung, Wachtmeister.«
Mayr nickte beruhigt. »Es haben viele gewußt ...«, gestand er leise.
»Denk ich mir schon.« Kajetan grinste.
Nun weitete sich der Stollen erneut und mündete nach wenigen Metern in einen Raum, von dem wiederum mehrere Gänge

abzweigten. Die Bauern drängten nach. Kajetan hob die Fackel und wies an, daß je zwei Männer in einen der Stollen bis zur nächsten Abzweigung gehen und dann zurückkehren sollten. Nach kurzer Zeit kehrten die ersten Gruppen zurück. Es waren, berichteten die Männer, kurze Suchstollen, die nach etwas mehr als zwanzig Metern endeten. Das dritte Paar blieb mehrere Minuten aus, dann waren ihre aufgeregten Stimmen wieder zu hören. »Herr Inspektor! ...«

»Gehts dort weiter?!«

»Nein! Aber da ist eine Tür!«

»Machts keine Witz!« Die Ankommenden bestätigten atemlos. Eine schwere Eisentür sei in den Stollen eingelasssen. Der Trupp setzte sich wieder in Bewegung. Ein verborgener Luftzug sog den Fackelrauch über den Köpfen der hastig voranschreitenden Männer ab. Nach wenigen Minuten erreichten sie eine kleine Zeche. Eine hohe Eisentür tauchte aus dem Dunkel. Sie stand halb offen. Zögernd zog Kajetan an einem Riegel. Die Tür ließ sich leicht bewegen.

»So, Mayr«, sagte er dann, als die Fackel das Innere der niedrigen Kammer beleuchtete, »jetzt wissen wir es!«

Die Kammer war bis an die Decke mit dickwandigen Holzkisten gefüllt, an deren Seitenwänden der Name der Waffenfabrik Oberndorf am Neckar zu lesen war. Kajetans Triumphgefühl wandelte sich jedoch schnell zu Sorge, als er sah, daß eine der Kisten zu seinen Füßen geöffnet worden war. Jemand hatte ein Gewehr daraus entnommen ...

»Zurück!« schrie plötzlich eine gellende Stimme, »hier ist alles voller Pulver!!« Dann brach ohrenbetäubender Tumult aus. In panischer Hast wichen die Männer zurück. Einige Männer waren zuvor neugierig vor Kajetan in das Innere der Waffenkammer gegangen; jetzt rissen sie ihn mit. »Raus da!!« Die Stimmen überschlugen sich, und rutschend, stolpernd, vor Entsetzen schreiend, rannten die Bauern zurück. In der nächsten Halle staute sich die Menge, bis jemand den Rückweg entdeckte.

Vergeblich versuchte Kajetan, die tobende Schar aufzuhalten.

Einer der Männer, den er zu halten versucht hatte, schlug in blinder Angst auf ihn ein. Kajetan gab auf.
Bald war die große Zeche erreicht. Die Männer rangen nach Luft. »Wo ist die Markierung?« kreischten einige, und »Hier! Daher!« schrien andere, die schon in den Ausgangsstollen eingedrungen waren.
»Vorsicht!« versuchte Kajetan noch zu warnen, »der Bau!! Er stürzt ein! Kommt nicht an die Tramm!« Doch niemand hörte ihn in diesem Chaos der Todesangst. Und schon war erschrokkenes Kreischen zu hören, als einer der Bauern mit dem Kopf gegen einen tief herabhängenden, schon halb durchmoderten Balken gestoßen war. Knarrend ächzte der morsche Stützverbund, Steine und bröckeliger Lehm fielen herunter.
Dann war das Stollenende erreicht. Mit schreckverzerrten Gesichtern, erschöpft und keuchend rannten die Männer ins Freie. Es schien, als würde der Berg die Eindringlinge verächtlich ausspucken.

– 42 –

Irgl hatte angehalten. Immer wieder horchte er angespannt in die Richtung, aus der er gekommen war. Dann lief er weiter ins Innere des Berges. Das Gewehr war noch immer von einigen Fetzen Ölpapier umwickelt. Hastig riß er es ab und versuchte, das Gewehr im Laufen zu laden. Es gelang ihm nicht, er hielt wieder an, fingerte nervös die Munition in den Lauf und entsicherte die Waffe. Nun müßte er nur noch eine Stelle finden, von der aus er seine Verfolger unter Feuer nehmen könnte. Wieder lauschte er in die Finsternis.
Tickend fielen Wassertropfen auf den Stollenboden. Ein sachtes, gleichförmiges, fast klirrendes Platschen. Einige Meter hinter seinem Rücken war kein Aufprall mehr zu hören, nur noch ein hartes Klicken, das in hallender Tiefe wie ferne Schüsse klang. Wieder lief er einige Schritte weiter und blieb plötzlich erstarrt stehen.

Vor ihm öffnete sich ein Abgrund. Der Schein von Irgls Fackel reichte nicht auf den Grund des Senkrechtstollens. Er warf einen Felsbrocken in die Schwärze. Er fiel eine grauenvoll lange Zeit, bis er dumpf klockend in der Tiefe aufprallte. Eine aus dicken Holzbohlen gezimmerte Brücke hatte früher darüber geführt. Nur zwei modernde nasse Balken waren davon übriggeblieben, und einer davon war bereits aus seinem Lager gebrochen.
Irgl sah sich entsetzt um, aus seinen Augen traten Tränen der Wut, er keuchte. Dann entdeckte er, daß der Stollen auf der gegenüberliegenden Seite leicht abfiel. Eine ideale Deckung!
Er begann, die Festigkeit des Balkens zu prüfen. Als er mit dem Fuß dagegentrat, bewegte sich das Holz nicht. Irgl trat zurück, fiebrig blitzte die Hoffnung nach einem Ausweg durch seine Gedanken. Sollte er nicht doch besser versuchen, zur großen Zeche zurückzukehren, um sich dort über einem hohen Balkon zu verstecken? Wo waren seine Verfolger überhaupt? Warum nun schon seit Minuten diese taube, stinkende Stille? Wuchs da nicht ein Rauschen wie von einem unterirdischen Fluß, dessen Schleusen geöffnet worden waren, und wälzte sich nicht längst die todbringende Flut auf ihn zu? Wurde dieses fein klingende Rieseln von heranschleichenden Feinden ausgelöst? Warum verstummte der Höhlenregen plötzlich?
Er betrat die Brücke.

– 43 –

Der Wachtmeister saß mit schmerzverzerrtem Gesicht im Schnee und rieb sich den Fuß. Die Männer drängten sich am Rande des kleinen Plateaus zusammen.
Kajetan war außer sich. »Leut, seids doch vernünftig! Wenns keiner zündet, kann Pulver doch auch nicht explodieren! Hab ich recht?! Also?«
Die Bauern schwiegen. Einige betraten kopfschüttelnd den Weg zur Knappenstube. Mayr stöhnte und versuchte, sich aufzu-

richten. Es gelang ihm nicht, bis Kajetan ihm unter den Arm griff und ihn hochzog. »Männer«, sagte er dann mit erschöpfter, aber dennoch klarer Stimme, »der Inspektor hat recht, und jeder, der im Feld war, weiß es. Wenn trotzdem keiner von Euch mitgeht, kraxl ich auf allen vieren mit rein, wenns sein muß – und wenns Euch dann noch nicht schämts ...«

»Ich ... geh mit.« Ein junger Mann war nach vorne getreten.

»Sonst keiner? Gut«, winkte Kajetan dem Wachtmeister. »Sie bleiben natürlich da!«

Mayr nickte mit sichtlicher Erleichterung. Kajetan und der junge Mann gingen, ohne sich noch einmal umzusehen, in den Berg. Noch kurz bleckte schwächer werdendes Flackern aus dem Loch. Die Bauern traten langsam wieder vor. Einer wollte Mayr stützen und beim Abstieg helfen.

»Nichts! Ich bleib da, bis er wieder da ist!« herrschte er ihn an. Sie bewegten sich nun nicht mehr und starrten wie gebannt auf die dunkle Öffnung, aus der nun kein Laut mehr zu hören war.

»Was mich bloß wundert ...«, begann einer.

»Was?« wollte ein anderer wissen.

»War das nicht der, der vorhin am lautesten geschrien hat ...?«

– 44 –

«Feiglinge, elendige«, hatte Kajetan vor sich hingeschimpft, als sie sich am Wandgelaß mit Fackeln eindeckten, die Kajetan sich hinter den Hemdkragen schob, der junge Mann jedoch welche zwischen seiner Brust und einem darum geschlungenen Seil verstaute.

»Egid heißt du? Wenigstens einer, der ein bißchen Schneid hat«, blickte er lobend zu ihm. Egid sah verlegen zur Seite. »Ich hab sie gekannt, die Sanne«, erklärte er mit eigenartigem Gesicht. Kajetan verstand.

Sie setzten ihren Weg fort. Nun, da er nur den schweigsamen Jungen hinter sich hatte, fühlte Kajetan einen seltsamen Zauber, der von diesem dunklen Labyrinth ausging. In welch

mühevoller Weise mußten diese Gänge in den harten Stein geschlagen worden sein? Hatten die Bergleute vergangener Jahrhunderte dabei gebetet? Geflucht? Gesungen? Hatten sie Angst, daß sie mit dem nächsten Hammerschlag dünnes Gerinnsel öffneten, das sich binnen Sekunden zu mörderischem Schwall eines unterirdischen Wassersturzes ausweiten würde? Oder trieb sie die Suche nach kristallfunkelnden Grotten, nach freundlichen Geistern, die alle Not von ihnen nehmen würden?
Sie hatten die große Halle durchquert und erreichten nun wieder die Waffenkammer. Kajetan reichte Egid seine Fackel und kniete sich zu der geöffneten Kiste. »Sauber«, sagte er leise, »nagelneue Gewehre. Eine ganze Kompanie wär damit auszurüsten.« Er nahm eines der Gewehre aus seiner Umhüllung und las die Buchstaben »BHO«.
»Bund Heimat Oberland?« Er wandte sich fragend zu Egid. Dieser hob die Schultern. »Wahrscheinlich schon«, meinte er dann. Kajetan legte das Gewehr zurück und verschloß die Kiste.
»Weiter!« sagte er leise. »Halt!« Er kniete nieder, führte die Fackel nah am Boden und hob einen schwarzen Kotbrocken auf. »Luks Lied ...«, murmelte er.
»Was ist das, Herr Inspektor?«
»Was das ist? Du bist nicht von Walching?«
Egid schüttelte den Kopf.
»Schafsmist ist das,« erklärte Kajetan, »und mit diesem Stückerl Mist, mein Lieber, wird alles klar!«
Er übersah Egids fragendes Gesicht und ging in den Gang, der von der kleinen Zeche ins Berginnere weiterführte. Wieder stieg der niedrige Stollen leicht an. Die Luft roch beklemmend nach totem, feuchtem Lehm. Der Junge beeilte sich, ihm zu folgen.
»Was ... wird Ihnen klar, Herr Inspektor?«
»Es paßt einfach alles zusammen, Egid!«
»Was paßt zusammen? Ich versteh Ihnen nicht.«
Wieder wurde der Stollen niedriger, so daß die beiden Männer gebückt gehen mußten. An einer Biegung hielt Kajetan an, machte Egid ein Zeichen, er möge anhalten, nahm die Pistole in seine Hand und schob sich vorsichtig um den Fels. Wieder

erleuchtete das Licht der Fackel eine gerade, übersichtliche Strecke.

»Was wolltest du wissen, Egid?«

»Was Sie gemeint haben mit: Es paßt alles zusammen?«

»Daß mir klar wird, was die Sanne mit den 'Herrschaften' gemeint hat!«

»Herrschaften?«

»Den Major hat sie natürlich gemeint!«

Beide hatten ihre Stimmen gesenkt.

»Was hat denn der Herr Major damit zu tun, Herr Inspektor?«

»Ganz, ganz einfach, Egid. Die Sanne hat vor einigen Wochen zwei Schafe verloren. Sie hat sie überall gesucht, und dabei ist sie in die Nähe des Bergwerks gekommen. Sie wußte, daß es ihr verboten war, die Tiere in die Nähe des Silberlochs zu treiben, weil sich darin immer wieder Tiere verirrten. Sie muß alles abgesucht haben, bis sie davon überzeugt war, daß die Schafe nur hier im Bergwerk sein könnten, und daß die Tiere sich in der Finsternis heillos verirren und irgendwohin abstürzen würden. Also nimmt sie eine Kerze und sucht ihre Schafe. Sie findet ihre Spuren, ist schlau und markiert ihren Weg, damit sie wieder nach draußen findet. Vermutlich ist sie später irgendwann an eine Stelle gekommen, wo sie entdeckt hat, daß ihre Tiere unrettbar verloren waren, und sie ist zurück. Plötzlich, sie ist vielleicht hier, wo wir uns gerade befinden, hört sie Stimmen. Sie muß fürchterlich erschrocken sein und in aller Eile ein Versteck gesucht haben, von dem aus sie gehört hat, daß mehrere Menschen etwas in das Bergwerk tragen, und sie muß auch die Stimme des Majors erkannt haben. Als die Männer das Bergwerk wieder verlassen, um die nächste Ladung zu bringen, läuft sie zum Ausgang und kommt an der geöffneten Tür der Waffenkammer vorbei. Sie erkennt, daß es Kriegsmaterial ist, das hier verstaut ist, und irgendwie hat sie es später geschafft, die Höhle wieder zu verlassen. Am Gemeindeamt liest sie dann den Anschlag, daß Waffenverstecke verboten sind, und sie meldet das dem Bürgermeister. Der sagt das nicht dem Wachtmeister, dem er es sagen müßte, sondern meldet es

sogleich dem Kriminalrat Pointner in Dornstein ... Vorsicht!«
Wieder bog sich der niedrige Stollen zu unübersichtlicher Windung. Kajetan winkte Egid, näher zu kommen.
»Still! Kannst Du etwas hören?«
Egid hörte angestrengt in die Dunkelheit und schüttelte dann den Kopf. »Nichts, Herr Inspektor«, flüsterte er. Sie gingen vorsichtig weiter.
»Das kann ich ja gar nicht glauben, was Sie sagen, Herr Inspektor. Und Sie meinen ...?«
»Genau das meine ich, Egid! Der Kriminalrat sagts stantepede seinem Kriegskameraden, dem noblen Major Rupp. Also, was tun, überlegt der sich. Noch weiß keiner außer dem Bürgermeister und Sanne von dem Waffenlager. Der Bürgermeister wird also als erster von oberster Stelle angewiesen, über die Sache aus nationalem Interesse strengstes Stillschweigen zu bewahren, und der Lindinger, der dem Major auch politisch nahesteht, gehorcht gern. Also muß die Kleine aus dem Weg geräumt werden. Ist sie nicht die Ziehtochter dieses Bauernbündlers, dieses Bolschewisten?, wird sich gefragt, und: Wäre das nicht eine ideale Möglichkeit, ihn ein für allemal auszuschalten? Ist es!, erkennt man in den feinen Kreisen. Daß der Erber irgendwo in der Nähe einen Bruder versteckt hat, munkelt schon das ganze Dorf, und so ist es ein leichtes, den Erber mit einer fingierten Nachricht in die Nähe des Tatorts zu locken. Er würde nie zugeben können, daß er sich mit seinem Bruder treffen wollte. Immerhin ist dieser noch zum Tode verurteilt, und er würde, auch bei einer Begnadigung, den Rest seines Lebens im Gefängnis verbringen müssen ...«
»Aber warum hat sie sich nicht dem Erber erklärt, Herr Inspektor?«
»Vermutlich, weil ihr die Leut eingeredet haben, daß er ihr Vater sei und ihre Mutter im Stich gelassen hätte. Vielleicht hatte sie aber einfach nur Angst vor der Strafe, wenn sie zugeben müßte, daß sie ihre Herde in das verbotene Gebiet geführt hat ...«
»Und der Irgl?«

»Hat den Mord ausgeführt. Daß zufällig drei Einbrecher zugang waren, hat wohl zunächst den gegen den Erber gerichteten Plan geändert. Wie aber immer deutlicher geworden ist, daß sie unschuldig sein müssen, hat der Major wieder eiligst umdisponiert. Pech für die Herrschaften, daß sie den Kajetan nach Walching geschickt haben ...«

Ein Schrei hallte durch die Gänge. Kajetan war herumgefahren. Egids Augen hatten sich geweitet. Kajetan lief einige Schritte nach vorne und erreichte eine Verzweigung. Zwei Gänge führten von hier ab, und an der Seite führte eine in Stein gehauene Treppe zu einer Öffnung, die vermutlich in einen parallel verlaufenden Stollen führte.

»Der ist von da oben gekommen, Herr Inspektor!«

Kajetan war unsicher. »Meinst du?«

»Ja!« Kajetan ließ sich von der überraschenden Bestimmtheit Egids überzeugen und stieg langsam die steinerne Stiege hoch. Die Pistole hielt er weit ausgestreckt. Egid folgte ihm zögernd und blieb einige Stufen zurück.

»Nein! Von da! Ich krieg ihn!« Egid hatte laut gerufen, war zurückgesprungen und verschwand mit einem Satz in einem der Gänge.

In wilden Sprüngen erreichte er den Rand des Senkrechtstollens. Irgl hatte sich mit letzter Kraft an einen kleinen Vorsprung geklammert; der Balken war donnernd in die Tiefe gebrochen.

»Egid«, wimmerte er, »hilf mir.«

Egid sah kurz zurück, nahm ein Messer aus seiner Seitentasche und drückte die Scharfkante hart auf Irgls Finger. Irgl schrie gellend auf; dann schlug sein Körper dumpf auf.

»Was ...!« Kajetan kam herangestürzt. Egid hielt ihn zurück.

»Passens auf, Herr Inspektor! Hier ist ein Abgrund!«

Langsam trat Kajetan näher. Fragend sah er Egid an.

»Er ist abgestürzt, Herr Inspektor. Grad wie ich gekommen bin. Er ist auf dem Holzbalken gestanden, hat mich gesehen, wollt auf mich schießen, und da ist er abgestürzt«, sagte Egid und kämpfte mit seiner Erschütterung. »Der Herrgott sei ihm gnädig«, fügte er leise hinzu.

Kajetan faßte sich. »Laß den aus dem Spiel, Egid. Wie tief wird das sein? Zehn, zwanzig Meter? Und wie lang ist dein Seil?«

»Dreißig Meter«, antwortete Egid zögernd, »Sie wollen doch nicht da runter?!«

Kajetan ging in die Knie und hielt seine Fackel über die Tiefe, konnte aber keinen Grund sehen. Er suchte einen kleinen Stein und warf ihn hinunter.

»Keine dreißig Meter, Egid«, stellte er fest, als das Geräusch verklungen war, »gib mir dein Seil. Du sicherst mich. Du weißt doch, wie das geht?«

Egid nickte, nahm das Seil von seiner Schulter und ließ es abrollen; dann schlang er das Ende zwischen seine Beine und führte es über Hüfte und Schulter. Mit der rechten Hand hielt er das Seilende. Kajetan überprüfte, ob Egid einen sicheren Stand hätte. »Gut.« Dann nahm er die Fackel zwischen seine Zähne und begann, sich abzuseilen.

Die Wand des Senkrechtschachts war glatt. Nach wenigen Metern passierte er einen schmalen Vorsprung. Als er ihn betrat, lösten sich weich modernde Skelett- und Hautteile eines Tieres, die lautlos in die Tiefe glitten.

»Gehts, Egid?« Es ginge, rief dieser, und ob er schon etwas gefunden habe. Kajetan antwortete nicht und glitt langsam tiefer. Das Gefühl unbestimmten Grauens überfiel ihn, je tiefer er kam. Plötzlich traten seine Füße ins Leere. Verzweifelt strampelte er in der Luft und schwang haltlos über dem Abgrund.

»Egid! Halt mich!« kreischte Kajetan hysterisch. Die Fackel fiel in die Tiefe. Egids Sicherung hielt. Langsam kam die Pendelbewegung des Seils zur Ruhe. Dann sah der Inspektor, daß die Fackel nur noch etwa fünf Meter unter ihm auf dem Stollenboden lag und ließ sich weiter in die Tiefe.

Die Fackel brannte noch; Kajetan nahm sie auf. Irgl lag mit gebrochenem Rückgrat auf einem niedrigen Hügel hartkantig abgebrochener Steinblöcke, in einer Wiese bereits bleich mineralisierter Skelette und halbverwester Kadaver. Er lebte noch. Mund und Augen waren geöffnet, und als Kajetan sich

ihm näherte, schienen die Augäpfel sich zum Licht der Fackel zu drehen. Der Mörder weinte.
Kajetan nannte ihn beim Namen. Irgls Lippen bewegten sich unmerklich. Kajetan beugte sich zu ihm.
»Friert mich ...« Seine Stimme war kaum mehr hörbar.
»Wer hats dir angeschafft, Irgl?«
»So kalt ...«
»Wers dir angeschafft hat, Irgl«, Kajetan hatte die Frage behutsam, fast zärtlich wiederholt.
»Ich blut', Mama ... friert mich so ...« Seine Stimme war nur noch dünner, müder Hauch. Dann lief ein feines Beben um seine Lippen, krümmten leicht sich die Finger, und er starb.
»Herr Inspektor!!« Egids Stimme hallte gespenstisch herab. »Haben Sie ihn?«
Kajetan konnte seinen Blick nicht abwenden. Dann schrie er laut nach oben: »Ja! Wir haben ihn!«
Sacht rieselten winzige Steinkörner in die Tiefe. Eine schwere Schlange fiel klatschend herab; splitterte den Bruchteil einer Sekunde zur Ewigkeit. Kajetan hörte zu atmen auf. Klirrend, rasend fügte sich in seinem Gehirn das Bild einer tödlichen Falle, in die er geraten war. Egid hatte das Seil herabgeworfen.

– 45 –

Wie unbeschwert war Leutnant Egids Kindheit gewesen, und wie schwer hatte es ihn getroffen, daß seine hoffnungsvoll begonnene militärische Karriere schon nach wenigen Jahren beendet war. Konnte er sich nach Krieg und Revolution noch einige Monate in einer der zahlreichen Einwohnerwehren betätigen, so endete auch dies, so daß er sich schließlich eines Tages, auf Anraten eines Kameraden, bei der »Torfgesellschaft Alpenland« in München um eine Anstellung bewerben mußte. Dort schickte man ihn zunächst auf das Gut des Doktor Heim, wo er jedoch mit allerlei verdeckten Missionen betraut wurde. Leutnant Irgl, den er an der Westfront kennengelernt hatte,

brachte ihn mit Major Rupp in Verbindung, welcher nach außen als Vertreter der »Holzverwertungsgesellschaft Bayern« erschien und zugleich in der Nähe von Dornstein einer Gruppe von »Wanderfreunden« vorstand. Warum dieser sich ausgerechnet im »roten« Walching, einer ehemaligen Bergarbeitergemeinde in Grenznähe niederließ, schien zunächst unverständlich – solange, bis er eines Nachts mit der Einlagerung einer Waffenlieferung in das alte Bergwerk betraut wurde. Die Aktion wurde als Versuch, die Ergiebigkeit des Bergwerks zu untersuchen, getarnt. Das Versteck, das für einen in allernächster Zeit geplanten Putsch geplant war, schien sicher – bis eines Tages Major Rupp in höchster Errregung von einer Anzeige berichtete. Noch könne sie unterdrückt werden, versicherte er, doch dazu müßte diese vorwitzige Bauerndirn schnellstmöglich aus dem Weg geschafft werden. An Irgl und Egid erging der Auftrag, die Tat auszuführen. Egid spähte aus, wann die Bauern das Haus verlassen würden, und Irgl schlich sich in das Haus. Fast wäre alles schiefgegangen, als plötzlich vor dem Haus die drei Vagabunden auftauchten. Zunächst lief aber alles nach Plan, wenngleich die Absicht, dem Erber die Tat anzuhängen, zunächst nicht greifen sollte. Doch mit dem Erscheinen des Inspektors, den Kriminalrat Pointner offensichtlich unterschätzt hatte, überschlugen sich die Ereignisse ...
Egid hatte die Waffenkammer erreicht. Dort rückte er mit wenigen Griffen einige Kisten beiseite, öffnete eine andere und entnahm ihr einige Stangen Sprengstoff. Er umwickelte ihre Enden mit einer Zündschnur und begann, sie abzuwickeln. Die Fackel in vorsichtiger Distanz haltend, ging er rückwärts in den Stollen, der zur großen Zeche führte. Er zählte laut die Schritte, mit denen er die Zeit berechnete, die er brauchen würde, um noch vor der Explosion das Bergwerk verlassen zu haben. »Vierundzwanzig, fünfundzwanzig ... dreißig.« Er zündete die Schnur, die sich folgsam in das Dunkel fraß, und lief hastig weiter. Er stieß an einen zackig abragenden Stein des niederen Stollenteils und stürzte. Benommen richtete er sich wieder auf und setzte, nun schneller, seine Flucht fort. Bald hatte er die

große Zeche erreicht. Seine Kopfwunde schmerzte rasend; er griff in sein Haar und fühlte warmes Blut. Es lief über seine Ohren und verschmierte sich am dichten Stoff des Jackenkragens. In seinem Gehirn wuchs das dünne, flammenspritzende Rauschen der rasch wandernden Zündglut zu einem kreischenden Schmerz an; patschend lief er durch Pfützen und fand sich in der Mitte der riesigen Halle, die ihn in drohender Ruhe überwölbte und sich zu verengen begann. Der Ausgang war von dieser Stelle aus, die er in wilder Verwirrtheit erreicht hatte, eine Öffnung unter vielen, die sich kaum voneinander unterschieden. Er machte einen Satz zur Wand der Zeche, rutschte an einer winzig abschüssigen Stelle ab und prallte der Länge nach hin, wobei seine Stützhand auf die Kante einer halbversunkenen Lore prallte. Die Fackel flog in weitem Bogen aus seinen rudernden Händen. Als sich Egid wieder aufrichtete, sah er, weite Meter von sich entfernt, ihren glimmenden Rest. Seine Panik wuchs. Er kroch, sie zu holen, doch sie erlosch zischend am Rand einer seichten Pfütze.

Egid schrie entsetzt auf. Das Zischen in seinem Gehirn wuchs über seine Augen und ließ für Sekunden Garben stechend farbiger Blumen erscheinen. Wummernd weiche, unendliche Schwärze fiel aus der Höhe. Tastend kniete sich Egid auf den Boden, suchte zitternd sein Feuerzeug und schlug eine kleine Flamme. Auf allen vieren kroch er zur Höhlenwand und suchte nach der Markierung. Der lächerliche Lichtkegel seiner rasch dünner werdenden Flamme zeigte keine Einritzung mehr. Egid hatte völlig die Orientierung verloren; er riß seine Jacke auf, holte dort mit bebenden Fingern Papiere hervor und entzündete sie. Endlich, im hellen Schein eines rasch abbrennenden Schriftstücks, sah er das rettende Zeichen. Mit letzter Kraft stürzte er in den offenen Stollenmund. Er wußte, daß er den Ausgang nicht mehr erreichen würde.

– 46 –

Kajetans Körper glühte, von den Brauen tropfender Schweiß floß brennend in seine Augen: Der Tote im Bett faulbrauner Skelettbrüche, die die modernden Fellfetzen durchstoßen hatten, in von Blut marmorierten lößüberzogenen Quadern, in mild glitschenden Weichteilen, neben zerschlagen aufgerissenen Schädelteilen. Kajetan hatte zunächst, in Schockkälte, die sich zu rasender Panik auswuchs, versucht, einen Aufstieg aus der Sohle des Stollens zu finden, hatte, nachdem dies ohne Aussicht war, versucht, das Seil wie ein Lasso nach oben zu werfen, in der Hoffnung, es könne sich an einem Vorsprung an der Wand des sich nach oben verjüngenden Schachts fangen und er hatte, die Fackel wie ein Messer zwischen den Zähnen haltend, sich einige Handgriffe in die Höhe hangeln können, bis ihm das heiße Pech in den Mund lief und schreiend zurückfallen ließ.

Dann hatte er ein fahles Geräusch gehört, das er für den Bruchteil einer Sekunde für eine Kapriole seines galoppierenden Pulsschlags hielt. Danach ein dünnes, zu einem infernalischen Konzert anwachsendes Pfeifen. Schließlich herrschte plötzlich Totenstille. Felswand und Sohlboden begannen zu vibrieren. Der Tote, besprungen von Kadavern, tanzte. Ungreifbares umfaßte Kajetans Brust und begann in pochenden Wellen, ihm die Augen aus den Höhlen zu treiben. Tonlos lösten sich in großer Höhe Quader aus der Wand und platzten wie Granaten, stumm, in Egids närrische Gesellschaft.

Als Kajetan aus tiefer Ohnmacht erwachte, übergab er sich mit einer Heftigkeit, die ihm Tränen aus den Augen trieb. Im flackernden Licht der Fackelreste wischte er sich Rotz und blutigen Foam von Gesicht und Händen. Er atmete heftig und hörte nichts als taubes, samtenes Rauschen.

– 47 –

Die Männer, die an der Stollenmündung auf Kajetans und Egids Rückkehr gewartet hatten, waren um ihr Leben gerannt, als der dumpfe Donner der Detonation heranrollte. Als würden im Inneren des Berges zornige Geister eine Höllenorgel schlagen, waren ein ohrenbetäubendes Pfeifen und Wellen heftiger Druckluft aus dem Loch geschossen. In der Höhe hatte sich ein uralter Baum aus der Felswand gelöst und war mit Erde und Gesteinsbrocken auf den Vorplatz geprasselt.

In ihrer Panik waren die Männer tief die steile Abraumhalde hinuntergelaufen, waren gestolpert, gestürzt und von nachrutschenden Wächten überschüttet worden. Mayr war der erste, der sich wieder freimachen konnte und keuchend den Vorplatz erreichte. Mittlerweile waren auch die anderen Bauern, die sich in der Knappenstube aufgehalten hatten, herangestürzt. Keiner sprach ein Wort.

Mayr humpelte, nachdem er sich eine Fackel geben ließ, auf die Stollenöffnung zu. Vorsichtig folgten ihm zwei Männer.

»Inspektor!!«

Der Ruf des Wachtmeisters löste klickerndes Geriesel, gab jedoch kein Echo. Nach wenigen Schritten standen die Männer an der Stelle, an der früher der »Bau« begonnen hatte. Ein Gewirr von Gesteinsbrocken und zerbrochenen Balken reichte bis an die Decke. Kein Hauch war zu spüren, und nur der Gestank aufgerührten, feuchten Lehms erfüllte die Luft.

»Inspektor!!« schrie Mayr noch einmal und wußte, daß es sinnlos war. Er schluchzte erschüttert auf. Doch – war da nicht, fern, eine Stimme? »Still!!« ächzte Mayr, »Still ...«

»Adam!« schrie eine Stimme. Mayr war ohnmächtig zusammengebrochen. Die Männer zerrten seinen Körper nach draußen. Lindinger ordnete an, ihn in die Knappenstube zu bringen. Dort schlug der Wachtmeister wieder die Augen auf.

»Die sind alle hin«, sagte der Bürgermeister mit rauher Stimme, und einige der Umstehenden nickten.

– 48 –

Als Kajetan, über den sich in Wellen Verzweiflung, kalte Klarheit und wieder fröhliche Entwirklichung ergossen, die unversehrt gebliebene Fackel erneut entzündet hatte, fand er sich in einer schmalen Nische am Rande des Solbodens, auf dessen Mitte sich meterhoch Steinblöcke türmten. Die Bewegung des Berges war jetzt zum Stillstand gekommen. Aus der Höhe patschte Wasser, tickend wie zu Beginn eines schweren Wolkenbruchs, der nie kommen sollte. Hastig erstieg Kajetan den Turm und erreichte nun, er mußte dazu nur nassen, mürben Lehm über einem Griff freikratzen, den Eingang eines niedrigen Stollens. Er kroch weiter. Der Stollen wurde enger und niedriger.

Es gibt viele Mutmaßungen darüber, was im Kopf eines Menschen, der seinen Tod vor Augen hat, vor sich geht. Dessen Leben würde in Sekunden vor seinem inneren Auge vorbeiziehen, wird behauptet, er dächte an seine Lieben, er würde beten oder sich verzweifelt in schützendes Irrsein begeben. Kajetan jedoch war nur damit beschäftigt, Verzweiflung und zornigen Lebenswillen im Gleichgewicht zu halten. Er wußte, daß es Wochen dauern würde, bis die große Zeche wieder begehbar wäre. Doch bis dahin würde er längst verhungert sein. Denkbar auch, daß gar nicht erst versucht werden würde, nach ihm zu suchen; zu unwägbar waren die Gefahren. Vielleicht brächten die Walchinger nur ein kleines Marterl beim Stolleneingang an, das den Wanderer um ein Gebet bittet, und vielleicht würden nächtliche Legenden um die Verschwundenen gesponnen. Doch zu blöder Wichtigkeit wuchs mehr und mehr heran, daß da noch eine Schuld zu begleichen gewesen war. 23 Mark, beim Schuster in Dornstein ...

Der Stollen, der nun auf einem schräg stürzenden Schichtbruch angekommen war, hatte sich wieder verbreitert. Der Boden war hier mit Gesteinsbrocken übersät. Dann versperrte Sturzwasser, in chaotischem Rhythmus einen perlenden Vorhang bildend, den Weg. Kajetan knöpfte seinen Mantel auf, hielt die Fackel zum Schutz darunter und durchsprang den kleinen Wasserfall, ohne zu wissen, was sich dahinter verbarg, durchwatete, das bereits glimmende Futteral seines Mantels erstickend, eine mehrere Meter lange Pfütze und setzte dann seinen Weg fort. Die Luft stank und der Geruch toter Erde hatte längst Kleidung und Haut durchdrungen.

Ein heftiger Schwindel ergriff Kajetan. Die Flamme kam näher und näher; er stürzte auf die Knie und erbrach sich erneut. Hustend vertrieb er eine herannahende Ohnmacht, beugte sich tiefer – nie in den Höhlen zu Boden gehen, Berggas erstickt in Sekunden! – und fühlte nichts als einen messerdünnen, kühlen Hauch über dem leisen Plätschern des kleinen Wasserlaufs. Sein Atem wurde ruhiger. Er blieb liegen und spürte plötzlich, wie die Hitze seines Körpers einer herrlichen, berauschenden Kühle wich.

– 49 –

Die Männer hatten sich erstaunt umgedreht. Auch der Wachtmeister richtete sich nun auf und sah zum Bruder des Erber.

»Es gibt noch einen anderen Ausgang«, hatte dieser mit leiser Stimme gesagt, »unten, bei der Rais.«

»Was sagst du, Lois? Einen anderen Ausgang?« Mayr war wieder hellwach.

»Wenn sie weit genug in den Berg gekommen sind, könnten sies überlebt haben.«

»Schmarren«, fiel Lindinger heftig dazwischen, »was weißt denn du schon? Bist, seidst Bub warst, nimmer hier heroben gewesen!«

Lois sah müde hoch und hob die Schultern. Doch Mayr ging einen Schritt auf ihn zu und beugte sich zu ihm. »In der Rais, sagst du? Wo in der Rais?«

»Bist du jetzt ganz narrisch geworden, Adam? In die Rais

einsteigen, mitten in der Nacht? Wo alle daumlang eine Lawine abgehen kann?!«
»Aber nicht um diese Zeit, Thomas«, erwiderte Mayr ruhig und wollte sich wieder Lois zuwenden.
»Ich ordne an, daß die Suche abgebrochen wird!« dröhnte Lindingers Stimme. »Kommts, Männer!« Er griff zum Türriegel. Die Männer erhoben sich.
»Adam, was ist? Sollen noch mehr draufgehen?« Lindinger hatte die Tür bereits geöffnet. Die Bauern sahen zum Bürgermeister, dann zu Mayr. Müde richtete sich dieser auf.

– 50 –

Es ging zuende. Schon war auch die zweite Fackel weit über die Hälfte heruntergebrannt, glühten Tropfen flüssigen Pechs auf seine Hand. Kajetan spürte nichts mehr. Gleichmäßig tappte er den Stollen entlang, der in leichter Steigung in die Tiefe führte. Immer häufiger mündeten nun niedrige Seitengänge heran; sie führten kleine Rinnsale, die sich im Hauptstollen zu einem schmalen, rasch fließenden Bächlein sammelten. Das schwarze Oval des Stollenfortlaufs flog ihm entgegen; bald verengte es sich zu einem Durchgang mit naß glitzernden Wänden, dann sprang sie wieder auf in weites, hallendes Gewölbe. Der Feuerschein strich über scharf geschlagenen Dolomit, formte Fratzen, flackernde Lichtmäntel; Smaragde fielen daraus und zerplatzten stumpf. Schritte näherten sich und verstummten, ohne daß sich ein Wesen gezeigt hätte.
Dann trat der Felsen zurück. Das Licht erreichte die Decke der Halle nicht mehr. Kajetan blieb überrascht stehen. Das leise Knistern der Fackel setzte sich hallend fort. Kajetan schrie etwas; seine Worte kreischten auf ihn herab wie ein Überfall einer tollen Meute. Er begann zu laufen. Eine grandiose, unterirdische Welt drang aus der Dämmerung: Säulen, hohe Balkone, glänzende, hohe Platten. Aus der Höhe fielen Hände,

Beine von Riesen, tanzten einen fröhlichen Tanz und sanken wieder in die Finsternis.
Vor ihm lag ein See mit kristallklarem Wasser. Sein Ufer fiel flach ab und senkte sich in schwächer werdendem Lichtschein tiefer. Ein bleicher Olm fuhr blitzend in die Tiefe. Von fern drang Rauschen an Kajetans Ohr. Der Boden war glatt. Wankend ging er am Rand des Sees entlang, bis er einen schmalen Felssteg entdeckte, der zum anderen Ufer führen würde. Der Steg verengte sich zu einem handbreiten Grat, der über der unbewegten Fläche des Sees verlief, und bald senkte sich die Decke des unterirdischen Doms. Das mußte der Ausgang sein! Ein feiner Lufthauch streifte sein Gesicht. Das Rauschen schwoll an.
Leuchtende, von einem Sturm zerfetzte Tücher flatterten vor ihm her, ein braunglimmender Mond stürzte herab. Der See endete nun, und was früher ein Stollenausgang gewesen sein mußte, war nichts mehr als ein verstopftes, blockiertes Gewirr von Felsbrocken, über denen ein mächtiger Wirbel das Wasser aus dem Berg trieb.
Langsam sank Kajetan auf die Knie. Sein Herz pochte hämmernd. Vor seinen Augen schwammen weich strahlende Flächen, dann sah er nichts mehr. Hatte sich aus der Wand eine Gestalt gelöst? War sie auf ihn zugegangen, hatte sie die Hand ausgestreckt? »Nein«, wimmerte Kajetan.
Die Fackel erlosch. Endlose Dunkelheit breitete sich aus. Kajetan sah in unendlicher Müdigkeit, wie die letzten Glutstücke der Fackel aufglosten.
Die Glut wurde größer, als bliese ein Sturm in einen Scheiterhaufen. Alles wurde von rotem Feuerschein erfüllt, Rauch quoll aus unsichtbaren Stollen, und der Lärm vieler Stimmen war zu hören. Kajetan verlor die Besinnung.
»Seil! Seil!« schrie Mayr hysterisch. »Da unten ist er!«

– 51 –

»Was ist denn noch, Adam?« rief der Kondukteur ungeduldig, hob das Klappfenster und beugte sich heraus. Der Motor des Postautos lief bereits. Keuchend kam Mayr näher und überreichte dem Fahrer einen Brief.

»Den wennst mir noch mitnähmst, Schorsch. Für meine Schwester. Weißt schon.«

Der Kondukteur nickte, nahm den Brief in Empfang und legte den Gang ein. Mayr blieb stehen, bis der Bus den Dorfplatz verlassen hatte. Der Himmel war bewölkt; es würde früh dunkel werden.

... und weißt nicht, was ich für eine Nacht gehabt hab und hab immer wieder den guten Inspektor gesehen und gewußt daß er lebt. Ich bin auf in der Früh und hab gezittert am ganzen Leib, bin zur Postwirtin und hab einspannen lassen. Ein paar Oberlandler sind mit, und noch in der Finsternis sind wir in die große Rais eingestiegen. An der Stell wo uns der Lois beschrieben hat, haben wir den Schnee weggeschaufelt und sind in den Berg. Hat keiner mehr gewußt und hat mir der Lehrer gesagt, daß an dieser Stelle in früheren Zeiten das Bergwerk eines Bischofs von Hallburg gewesen ist und hat man sich bloß einmal gewundert, daß es »Silberloch« geheißen hat, wo doch nur nach Blei gegraben worden ist. Was ich geweint hab wie wir unter uns den Inspektor gesehen haben, und auch die anderen. Ja, was soll ich erzählen. Der Herr Major war entlaufen und hat Papiere für Österreich gehabt und soll jetzt in Ungarn sein, und der Inspektor ist entlassen worden, weil er seinem Vorgesetzten nicht gefolgt ist. Von Sannes Tod ist nichts mehr herausgekommen, es wird halt der Irgl gewesen sein und auch den Egid hat man im Berg belassen und nur ein Marterl haben seine Eltern aufgestellt. Was der Inspektor gesagt hat hat er ja keinen Zeugen nicht mehr gehabt und hat ihm keiner nichts geglaubt und hat er mir neulich geschrieben, es geht ihm gut wieder in München und er hat Arbeit in Aussicht. Den Erber haben sie

wieder ausgelassen aber hat eine Straf gekriegt und hat seine Alm auf dem Steinberg verkaufen müssen deswegen. Hätt der Lindinger nicht gesagt, Erber, ich helf dir und geb dir ein gutes Geld und war das meiste und jetzt gehörts ihm und ist ihm nichts passiert, weil er die Anzeig von der Sanne nicht weitergegeben hat, weil sie närrisch gewesen ist, hat ihm der Richter geglaubt. Wegen dem Lois wo ich dich einmal gefragt hab ob er zu Euch ist, wird er nicht mehr kommen. Er ist nie in Amerika gewesen, ist geflohen nach Ungarn, hat auch von da wieder weg müssen und hat ihn das Heimweh zerrissen, daß er wieder nach Walching gekommen ist, wo ihn der Erber mit dem Luk versteckt haben und jetzt ist er nach München verbracht und muß noch zehn Jahr im Gefängnis sein, wo er doch den Inspektor gerettet hat. Wo der Russ ist, weiß niemand so recht. Den Pizzini haben sie bald laufen gelassen, nicht den List wo drei Jahre gekriegt hat. Und ist dann auch noch der Mann von der Postwirtin heimgekommen, war in einem Spital ohne seinen Namen zu wissen, ist zwei Tag geblieben, hat nichts gredt, nur geschaut und war ganz kalt und ist fortgegangen am dritten Tag. Der arme Luk redt nichts mehr und sitzt da und stiert vor sich her und die Erberin bringt ihm was zum Esssen und wenn ihn wer fragt, sagt er: es kommt nie mehr ein Frühling, die Bäum bleiben schwarz. Jetzt ist der Winter bald aus. Denkst du noch an deine Heimat.

Vokabular

auf dem Quivive sein, bayerisch **auf dem kiwif-sein:** auf der Hut sein

Gant, vergant: Versteigerung, durch Versteigerung den Hof verlieren

da leits nicht einmal ...: da kann man sich nicht einmal leisten

Grattler: Landstreicher

Plätten: Transportschiffe der Inn- und Salzachschiffahrt

Chaise, bayerisch Schesn: Auto

lötz: unangenehm, schmerzhaft

Eisner: erster bayerischer Ministerpräsident

Gandorfer: Bauernführer, stand auf Seiten Kurt Eisners

Leviné: Führer der Räterepublik

Arco-Valley: antisemitisch-konservativer Offizier, Mörder Kurt Eisners

Landauer: Minister der Räteregierung

Heim: konservativer Bauernführer

Escherich: rechtsradikal-konservativer Freicorpsführer

Rais: Geröllabhang

BHE »Bund Heimat Oberland«: Name eines der vielen rechtsgerichteten Freikorps; seine Mitglieder gingen z.T. in der faschistischen SA auf.

»Miesbacher Anzeiger«: rechts-konservatives Blatt, in dem u.a. Ludwig Thoma schrieb.

»Befreiung«: Bürgerkriegs-Massaker anläßlich der Besetzung Münchens im Mai 1919 durch Freicorps.

blecken: aufflammen, flackern

Berscht: von **berchen** = glänzen. Die Sagenfigur der »Frau Berscht« geht auf eine Liebes- und Fruchtbarkeitsgöttin der Antike zurück. Spätestens seit der Gegenreformation wurde sie von der Kirche zur häßlichen und schreckerregenden Waldhexe umgewidmet und durch die Muttergottes ersetzt. Das »Berchtenlaufen« in der Adventszeit, bei dem furchterregend vermummte Männer Kinder und junge Mädchen in Angst und Schrecken versetzen, mag im Kern auf diesem Glauben zurückgehen.